Jean Amila



# Noces de soufre

Gallimard

Jean Amila, né en 1910, commence par écrire sous son vrai nom, Jean Meckert, plusieurs romans dont *Les coups*, qui paraissent aux Éditions Gallimard. À la demande de Marcel Duhamel, il se tourne vers la Série noire et change de nom pour signer ses romans policiers, dont *Motus !* (1953), *Sans attendre Godot* (1956), *Noces de soufre* (1964), *Le pigeon du Faubourg* (1981). Il devient ainsi John Amila, puis Jean Amila. Écrivain social, il choisit des héros ordinaires dont il décrit la vie quotidienne et la révolte contre une société dont ils refusent les règles. Parallèlement, Jean Amila travaille pour le cinéma comme adaptateur et dialoguiste.

Jean Amila est mort le 6 mars 1995.

# I

Sommeil du petit jour ; le plus profond.

Perdue au fond du lit à couette, elle mit du temps à émerger. On tambourinait et on l'appelait.

— Annette !… Annette, réveille-toi !

La voix de sa mère. Et, de nouveau, le tambour contre la porte de sapin.

— Oui !

Elle alluma à la poire du lit, se leva, ouvrit.

— Les gendarmes, dit la mère.

— Quoi ?

— Ils sont en bas. Ils veulent te parler, à toi.

— À moi ? Qu'est-ce qu'il y a ?

— Je ne sais pas. Il est peut-être arrivé quelque chose à André.

Coup de bélier dans les veines. Annette passa machinalement sa robe de chambre… Les planches du parquet de sapin rouge craquaient à chaque pas et, dans ce chalet en location, tout sentait la résine, la fumée de bois et l'encaustique.

Il était à peine sept heures et le temps était gris. L'homme attendait en bas. Pas un gendarme : un civil en imperméable, crâne mité, poches sous les yeux, l'air ennuyé.

— Monsieur ?

Il la dévisagea, durant qu'elle descendait les dernières marches.

— Mme André Letellier ?

— C'est moi-même.

De plus en plus ennuyé. Il soupira, fouilla dans sa poche.

— Vous voudrez bien m'excuser, de vous déranger de si bonne heure... Vous êtes mariée, n'est-ce pas ?

Les tempes battantes. Impression de se perdre dans un de ces nuages soudains qui se forment au flanc de la montagne. La jeune femme essaya, d'une petite voix sans force :

— Il lui est arrivé quelque chose ?

— Attendez, dit l'homme en sortant un papier. Il ne faut pas commettre d'impair.

Il avait un accent un peu traînant, chantant ; sans doute un Lyonnais.

— Votre domicile habituel, c'est bien Paris, n'est-ce pas ?

— Villa Dury-Vasselon, dans le vingtième.

Il examina un instant son papier, soupira de nouveau... Sans doute sa manière d'annoncer la nouvelle avec ménagement ?

— Votre mari avait bien une voiture Panhard ?

À l'imparfait !... Mais déjà, il lui semblait qu'elle était préparée ; le bonhomme très ordinaire en imper popeline aux manchettes fatiguées, suggérait le pire par sa simple présence. Il ne disait plus rien, attendait sa réponse.

— Un accident ? murmura-t-elle, toute blanche et les yeux exorbités.

Il n'annonçait toujours rien, pas même d'un signe de tête. Il l'observait, vraie bourrique.

— Vous souvenez-vous du numéro de la voiture ?

Ça cessait d'être du ménagement ; plutôt de la bêtise. La jeune femme tremblait. Sa voix devint aiguë.

— FL 75... Je ne sais plus. Le numéro se termine par 7... Mais qu'est-ce qu'il y a, enfin ? Il s'est tué ?

Elle était devenue laide, grimace lui tordant la bouche, nerfs en fibrillation, à un doigt de la crise et de l'effondrement. Et sans le moindre geste de fraternité, l'autre l'observait comme un objet, sans passion, ni bon ni mauvais, parfaitement neutre.

— Vous attendiez votre mari cette nuit ?

Elle parut s'appliquer pour répondre correctement.

— Nnon...

Il laissa passer un temps, se frotta le nez, trouva enfin un sourire bonhomme pour dire, comme pour gronder gentiment :

— Votre réponse ne me paraît pas très catégorique.

— Comment ? fit Annette.

C'était comme une farce grotesque. Le type n'avait pas l'air méchant, mais d'une insondable connerie. Indécent et désarmant. Mme Juhel prit sa fille par les épaules, l'obligea à s'asseoir dans le grand fauteuil-bergère. Annette se rebiffa un peu :

— Mais ça va, maman. Ça va ! Je voudrais tout de même bien savoir ce qui est arrivé à André !

Par la vitre on pouvait voir le gendarme en capote noire qui examinait la fontaine coulant en saccades. Plus loin dans les hauts on entendait les sonnailles d'un troupeau.

— Il faut vous habiller, fit l'homme à imper. On vous emmène à Grenoble.

— Il est mort ?

Il eut un geste vague.

— Il y a ça, et puis il y a les circonstances, vous vous en doutez.

Il faisait sans doute exprès de rester impénétrable, pour se donner de l'importance. Comme la jeune femme demeurait immobile dans le fauteuil, les yeux creusés et les lèvres exsangues, il frappa dans ses mains pour la presser, mais en tempérant d'un sourire.

— Allons-y, ma petite madame. On a du chemin !

Crétin, ou bon type ? On ne pouvait savoir. Mais à cause de ce sourire il paraissait plus abordable.

— Il est à Grenoble ? demanda Mme Juhel.

— Non. On m'a dit que vous avez un petit garçon ?

— J'espère qu'il dort ! fit Annette.

À la façon dont il avait posé la question, elle comprenait qu'il n'était ni stupide ni indifférent. Il avait porté le coup terrible en l'étouffant dans un édredon d'imprécision ; ça valait bien les mines contrites et les phrases fortes.

C'est la grand-mère qui se mit à pleurer.

— Pauvre Mimi... Qu'est-ce qu'on va lui dire, monsieur ?

Il la regarda sans chaleur et finit par murmurer, très neutre :

— Plus tard il saura, mieux ça vaudra !

Et, légèrement impatient, il pressa de nouveau, vers Annette :

— Allons-y, ma petite madame ! On devrait déjà rouler !

*

Le bonhomme s'appelait Cuchet. Inspecteur Cuchet, comme il s'était présenté durant la descente sur Grenoble.

Annette n'avait rien pris avec elle. Hébétée par le coup, elle ne savait plus qu'obéir machinalement. Elle avait bien vu que les gendarmes étaient restés au chalet, tandis qu'elle montait dans l'Aronde de Cuchet. Elle en avait peut-être fait la remarque… ?

— Formalités, avait dit simplement le policier.

L'Aronde repeinte en noir n'était pas neuve. Pendant la descente, de mille mètres d'altitude à la vallée de l'Isère, tout essai de conversation avait été impossible dans le bruit de frein-moteur et de pot fêlé. C'est seulement à Sassenage, sur le plat, que Cuchet posa quelques questions tout en conduisant. Il avait dit en quelques mots qu'il s'agissait bien d'un accident du côté d'Avallon, dans l'Yonne, et qu'on allait demander à la jeune femme de reconnaître le corps.

— Pas bien drôle pour vous, ma petite madame ! Qu'est-ce qu'il faisait, votre mari ?

— Employé de banque.

— Caissier ?
— Non. Il était au guichet dans une agence.
— Il gagnait bien sa vie ?
— Employé de banque, vous savez…
— Vous aviez pourtant une voiture ?
— Oh ! une vieille occasion.
— Bien sûr ! Et, vous-même, vous avez des ressources ?
— Non. J'ai fait de la dépression nerveuse, l'hiver dernier. Je suis en congé de longue maladie.
— Sans solde ?
C'était moins un interrogatoire qu'une tentative de fraternisation courtoise. Vu de profil, sans le choc de ses gros yeux trop rapprochés, il faisait moins bourrique butée, presque acceptable. Il posait ses questions dans le vague, sans insister.
— Vous avez loué le chalet pour les vacances ?
— Juillet et août. Je vais retravailler en septembre.
— Votre mari devait vous rejoindre ce matin ?
— Mais non ! Il avait ses vacances dans huit jours.
Comme un leitmotiv, il reprenait de temps en temps :
— Pas drôle pour vous !… Il travaillait à Paris, n'est-ce pas ?
— Quartier des Halles.
— Et, d'après vous, qu'est-ce qu'il pouvait faire sur la route d'Avallon ?
— Je ne sais pas.
Par le pare-brise on distinguait le massif de la Grande-Chartreuse dont les sommets blanchis par la gelée nocturne brillaient comme des pointes de

diamant aux premiers rayons du soleil. Cuchet cornait, dépassait des camions maraîchers.

— Avallon, c'est tout de même bien à deux cent cinquante kilomètres de Paris, quasiment à mi-chemin d'ici. Un vendredi soir… Peut-être venait-il passer le week-end avec vous ?

— Peut-être, admit-elle sans conviction.

On entrait dans Grenoble, au milieu des vélomoteurs d'ouvriers qui devaient pointer à huit heures. Les feux étaient à l'orange et pratiquement chacun faisait son trou aux carrefours.

Annette pensa d'un coup qu'elle n'avait pas pleuré. Rien, pas une larme ! Un choc nerveux immédiatement absorbé, comme un caillou dans l'eau calme, avec une petite onde concentrique qui s'en allait doucement mourir sur les bords. Et durant un court instant elle se sentit baigner dans une merveilleuse lumière, loin de la mort d'un homme, et pourtant au cœur du monde :

« Je suis GUÉRIE ! »

Alors seulement, sans beaucoup de chaleur, elle murmura comme pour elle-même :

— Pauvre André !

*

Greffe du tribunal. Carrelage hexagonal fatigué, avec des affleurements de ciment si noirs de crasse grasse et polie qu'on y distinguait le reflet des fenêtres.

Il n'y avait personne. Cuchet avait offert une chaise à une table de dactylo et Annette attendait un peu raide pour ne pas toucher la housse de moleskine aux coins usés, couleur de vieille corde.

Elle ne se posait pas de question et trouvait tout naturel d'être prise en charge par la Société. Grenoble n'était qu'une étape, vers Avallon et Paris.

Cuchet était reparti, la laissant seule. Vers huit heures et demie, une petite brune entra dans le bureau, parut surprise de la voir...

— Vous attendez quelqu'un ?

— C'est un inspecteur qui m'a dit...

La brunette ne fit pas de commentaire, ouvrit un placard et enfila une blouse rose. Elle se repeigna devant un miroir, à l'intérieur du placard. Puis elle poussa près de la fenêtre une chaise de bois verni clair, au siège galbé en forme de fesses.

— Tenez ! Vous serez aussi bien ici.

Annette se leva, docile.

— J'ai pris votre place ?

— Pas de mal, dit l'autre. C'est Cuchet qui... ?

— Je crois que c'est ce nom-là.

— Vous devez témoigner ?

— Non, dit Annette. Mon mari s'est tué dans un accident de voiture.

Brève compassion de circonstance sur les joues terre cuite de la dactylo, mais elle n'embraya pas, indifférente.

— Quand ça arrive, ça fait un coup !

La fenêtre à petits carreaux dominait un quai de l'Isère, avec deux ponts dans la perspective sur une coulée grise. Un bruit de bétonneuse, assez proche, expliquait la fenêtre fermée et les mouches prisonnières, malgré le soleil matinal.

Ville à peu près inconnue, juste traversée à deux reprises, et notamment pour monter au chalet d'Autrans. Qu'était même le bâtiment dans lequel elle se trouvait ? Préfecture, palais de justice… ?

La dactylo se mit à frapper, et durant quelques minutes Annette l'examina de profil, type de sportive, fille de soleil qui vivait là dans cette ville inconnue… « C'est à moi qu'il arrive un malheur et j'éprouve plus de curiosité pour elle qu'elle n'en éprouve pour moi. C'est peut-être ça, le détachement ?… »

Cuchet revint. De face on ne pouvait pas s'habituer à lui, à son crâne dégarni, à ses yeux de poisson triste. Il fit un clin d'œil.

— Vous impatientez pas ! On téléphone pour vous.

Il serra la main de la dactylo, lui demanda :

— Elle ne vous gêne pas ?

Puis, sans attendre la réponse, il enchaîna :

— Je vous prends un lot de « 1025 ».

— Servez-vous, fit la dactylo en désignant un classeur.

Il prit une dizaine de formules imprimées et expliqua, comme par politesse.

— J'ai déjà soixante-dix kilomètres ce matin. Je vais peut-être partir sur Avallon.

Kilométrage, notes de frais… Annette enregistrait à peine. On parlait d'elle un peu comme d'un colis à convoyer.

Une sonnerie étouffée grelotta dans un coin, comme si le timbre était tassé dans du papier journal. Téléphone.

La brunette saisit l'appareil et répondit aussitôt :

— Oui, monsieur. Il est là.

Cuchet prit à son tour le combiné et fit une réponse à peu près analogue en regardant Annette.

— Oui, elle est là... Bon, j'arrive.

Il reposa l'appareil et fit un appel de l'index vers la jeune femme.

— Vous voulez venir ?

Escalier ; étage inférieur, couloir plus aéré, série de petites portes, gendarme somnolent. Cuchet frappa, entra, ressortit presque aussitôt.

— Un petit instant !

On devinait des voix derrière la porte. Tout cela devenait incompréhensible comme dans un cauchemar. Brusquement, Annette se sentit faible, en milieu hostile.

L'homme qui sortit était grand, l'air un peu froid et suffisant d'un intellectuel, avec début de bajoues et yeux fatigués qui venaient de quitter des lunettes de lecture. Déférent, Cuchet désigna :

— C'est madame.

L'homme ne se présenta pas... Peut-être un policier, peut-être un juge ? Elle ne le sut jamais.

— J'ai du monde dans mon bureau. Venez par ici.

Il passa devant, déboucha sur un vaste escalier de marbre, devant une immense porte au fronton de laquelle on lisait en lettres effacées : *Cour d'assises*.

Il se retourna brusquement.

— Voulez-vous me rappeler le nom.

— Letellier, dit Cuchet.

— Oui, fit l'homme en s'adressant à la jeune femme. Cuchet vous a appris ?

Elle secoua la tête. Mais il ne fit pas mine de présenter des condoléances ; il paraissait préoccupé. Il tenta en vain d'ouvrir une porte, eut un geste d'agacement, parvint enfin à entrebâiller un autre panneau. Il poussa la jeune femme dans la salle de tribunal.

— Une seconde !

Il ressortit aussitôt, la laissant seule.

Elle vit les rangées de bancs, les tribunes à rostres, la barre des témoins, le box des accusés… L'éclairage venait d'un côté par de grandes fenêtres haut placées, aux petits verres en losanges sertis qui faisaient songer aux vitraux provisoires des cathédrales bombardées.

Le vide ! Le vide de l'immense salle la saisit comme un vertige. Elle fit trois pas pour s'éloigner de la porte et ne pas avoir l'air d'écouter. Elle laissa tomber son sac à main, et le bruit sourd et mou se répercuta comme dans un caveau… « Mais qu'est-ce qu'ils me veulent ?… »

Les deux hommes entrèrent au bout d'un moment, le grand suffisant en tête. Il avait une voix d'homme gras, l'air de réprimer un rot perpétuel.

— Territorialement, l'action n'est pas de notre ressort, mais j'aimerais tout de même vous poser quelques questions.

— Je vous en prie.

Simple hasard, ou déformation professionnelle, il s'était mis à contre-jour et elle devait lui faire face, les yeux à la lumière grillagée qui venait des hautes fenêtres.

— Votre mari vous a téléphoné, ces jours-ci ?

— Non.

— Il vous a écrit ?

Cet interrogatoire l'angoissait. Elle ignorait ce qui s'était passé, et ces gens qui savaient tout lui posaient des questions comme s'ils la prenaient pour une coupable. Coupable de quoi ?

— J'ai eu une lettre, il y a trois ou quatre jours.

— Il annonçait sa visite ?

— Non. Je l'ai dit à monsieur, il ne devait venir que dans une huitaine.

— Vous avez cette lettre ?

— Pas sur moi. Elle est au chalet.

Il avait une cravate tricotée et de près, il sentait la lotion poivrée d'un homme qui vient de se raser. Annette n'était pas de petite taille, mais il la dominait d'une bonne demi-tête. On sentait qu'il savait jouer de toute sa personne, comme un acteur ; oui, sans doute un juge…

Sa voix exprima le doute.

— Le chalet ?… Est-ce que la location de ce chalet n'excède pas un peu vos moyens ?

— C'est ma mère qui s'en est occupée. La location est à son nom.

L'autre soupira, pas convaincu.

— Vous vérifierez, Cuchet.

— Je pense que c'est exact, dit l'inspecteur.

Elle se sentait plus que négligeable, bafouée ! Elle aurait voulu demander la raison de toutes ces questions, mais elle était intimidée, la bouche crispée sur un goût de sang.

— Avez-vous été en contact avec l'étranger, ces temps derniers ?

— Quel étranger ?

Il claqua de la langue, agacé.

— La Suisse, l'Italie, je ne sais pas… Ma question n'est pas tout à fait idiote !

— Non, dit-elle.

— Comment expliquez-vous la présence de votre mari en pleine nuit sur une route qui, vraisemblablement, le conduisait par ici ?

— Je ne sais pas. Il venait peut-être pour le week-end.

— Et vous n'en étiez pas avisée ?

— Non, monsieur.

Elle avait ramassé le sac à main sur son ventre. Cet interrogatoire lui paraissait inhumain, inutile, absurde.

— Vous avez un enfant ?

Il demandait cela d'une voix parfaitement impersonnelle.

— Un petit garçon, dit Annette. Il a quatre ans.

Elle se mit à pleurer doucement, pour la première fois.

— Mais qu'est-ce qu'il y a, monsieur ? Je ne sais rien. Qu'est-ce que c'est que cet accident ? Qu'est-ce qui s'est passé ?

Il haussa les épaules et eut une question bizarre.

— Votre mari était-il intelligent ?

Que venait faire l'intelligence d'André dans cet accident ?

— Je pense que oui, fit-elle, interloquée. Pourquoi ?

— Eh bien, moi, je pense que non ! fit l'homme avec brutalité.

Il rompit, comme sur un mot définitif, se dirigea vers la porte.

— L'inspecteur Cuchet va s'occuper de vous. Je crois qu'on va venir vous chercher dans la matinée.

Il sortit. Cuchet parut embarrassé.

— Une seconde, s'il vous plaît.

Il se précipita derrière l'homme et de nouveau Annette se trouva seule dans la grande salle qui sentait la poussière. Le soleil dessinait des losanges allongés sur le sol. Elle ouvrit son sac, sortit son mouchoir... Et la vérité lui vint d'un coup ! Comment n'y avoir pas songé plus tôt !

— Il était avec ELLE !

Elle, la rivale, la femme à cause de laquelle Annette avait tant souffert, qui avait brisé le foyer, brisé l'amour... La Thérèse dont elle connaissait le nom, l'adresse... Le fait de n'y avoir pas pensé aussitôt lui prouvait qu'elle n'était plus jalouse, plus malade... Il était avec Thérèse, bien sûr. Ils étaient peut-être morts tous les deux... Pauvre André !

Elle se sentait soulagée. L'angoisse avait maintenant un nom, l'interrogatoire absurde avait son explication, tout rentrait dans l'ordre.

En remettant son mouchoir dans le sac à main, elle vit le paquet de cigarettes et le briquet.

Elle en prit une, machinalement, mais elle eut du mal à obtenir une flamme du petit briquet si rarement utilisé. À la première bouffée, le goût âcre lui rappela qu'il y avait bientôt un an qu'elle n'avait pas fumé une seule cigarette... Scènes ignobles, torture, dépression. Tout cela était maintenant du passé.

— Mon pauvre André !

Et dans ce combat où elle avait été trop longtemps la victime, elle se réveillait soudain triomphatrice, faute de combattants.

Cuchet entra, tiqua sur la cigarette.

Le petit homme à face de bourrique lui paraissait maintenant un ange pétri de tact et de discrétion, à côté de l'ignoble individu qui venait de l'interroger.

Elle lui sourit.

— Il y avait une femme avec lui, n'est-ce pas ?

— Une femme ?

Un instant, il parut professionnellement intéressé, mais il reprit ses yeux de poisson morne.

— Faut pas fumer ici. Suivez-moi.

*

On l'avait remisée dans le couloir d'attente du commissariat central.

Lorsque l'inspecteur de Paris arriva vers dix heures, elle le vit d'abord passer, petit jeune homme au veston fripé, au visage fatigué par une nuit d'insomnie et un long voyage.

Cuchet était reparti. Depuis plus d'une heure elle était dans ce couloir passager. Deux gendarmes avaient amené un détenu, menottes aux poings, sale tête de bas alcoolique. Promiscuité !

Personne ne semblait s'inquiéter d'elle. Elle vit Cuchet revenir avec le jeune inspecteur. Ce dernier était plutôt petit, mince, le visage triste et nerveux, barré du trait noir de la moustache ; genre de petit pète-sec qui devait pratiquer le judo. Il paraissait bien vingt ans de moins que Cuchet ; autre génération, autre classe.

Il se présenta, un nom comme « Lentrêle », dont elle devait apprendre plus tard que cela s'écrivait Lentraille.

Il y avait sans doute pénurie de bureaux, au palais de justice de Grenoble, ou bien c'était l'habitude : n'importe qui se mettait n'importe où.

Annette se retrouva confortablement assise dans un bureau assez austère mais garni d'une bibliothèque d'acajou, qui paraissait plus être celui d'un magistrat que l'antre de l'inspecteur Cuchet.

Lentraille avait des souliers crottés. Il parut s'en rendre compte sur la moquette rouge.

— Quelle nuit !... Je pense, madame, que mon collègue vous a mise au courant de l'essentiel ?

— Qu'est-ce qui s'est passé ?

— Bien des choses, dit Lentraille. Nous allons tâcher de débrouiller tout ça. Si vous le voulez bien, nous allons partir immédiatement. Votre mari était bon conducteur ?

— Très bon, dit Annette.

— La gendarmerie enquête sur l'accident. À première vue, un virage raté. La voiture a culbuté et a pris feu... On va vous demander d'identifier le corps. C'est malheureusement une formalité indispensable.

Il se tourna vers Cuchet.

— Jusqu'à quel point madame est au courant ?

— Jusque-là, dit Cuchet.

Les veines du cou du petit Lentraille se gonflèrent. Il ouvrit la bouche comme pour parler, se contenta d'avaler sa salive.

— Je suis crevé !

Annette ne le regardait pas, fixant le tapis rouge. Elle savait d'avance ce qu'on allait maintenant lui apprendre : la présence d'un autre corps à côté d'André. Que de précautions !

— Mme Letellier, fit soudain le petit inspecteur un peu solennel, vous devez savoir que les enquêtes sur les accidents de la route sont laissées à la compétence de la gendarmerie. Mais vous ne semblez pas étonnée de ce que la police judiciaire s'occupe de ce cas particulier. Je suppose donc que cela ne vous cause aucune surprise ?

Elle le regarda, surprise de ce jargon administratif.

— Police judiciaire ? Je vous demande pardon… Vous me laissez entendre que mon mari a été la victime d'un crime ?

— Pas votre mari, madame. En fait, c'est lui le criminel !

« Il l'a tuée ! » pensa-t-elle dans un éclair ; et elle se sentit pénétrée d'une joie sauvage.

Il y eut un silence et Cuchet constata, placide :

— On croirait que ça lui fait plutôt plaisir.

— Mme Letellier, reprit le Parisien d'une voix caramel glacé, votre mari vous faisait-il des confidences ?

Mon Dieu, que de précautions oratoires pour lui apprendre qu'André la trompait ! Elle le fixa.

— Qu'est-ce que vous cherchez à me dire ? Je

sais que mon mari avait une liaison. Nous étions sur le point de nous quitter.

— Une liaison ?... Et vous la connaissez ?

Elle sourit à moitié en le regardant ; les méthodes policières lui paraissaient un peu formalistes et puériles.

— Je suppose que vous voulez que je la nomme ?

— S'il vous plaît.

— La personne à laquelle je pense s'appelle Thérèse Gerbaut... Maintenant, il a peut-être changé. C'est un renseignement qui date de trois mois.

— Comment écrivez-vous cela ?

Elle épela. Lentraille chercha un stylo dans sa poche, mais Cuchet au coin du bureau dit simplement :

— Je note. Adresse, s'il vous plaît ?

— Avenue Gambetta, à Paris. Je ne sais plus le numéro, mais elle est dans l'annuaire du téléphone.

— Où travaille-t-elle ?

Elle eut un geste évasif.

— Oh ! vous le savez certainement mieux que moi !

— Bien sûr ! dit Lentraille dont le nez un peu long palpitait. Et vous pensez que Letellier a fait des confidences à cette dame ?

— Je n'accuse personne, éluda-t-elle.

Elle demanda à mi-voix, avec une mimique compréhensive.

— Il l'a tuée ?

Les pupilles de Lentraille sautèrent comme s'il recevait un coup et Cuchet se racla la gorge. Alors elle comprit qu'elle venait de faire une erreur. Elle respira plus vite.

— Vous ne me dites rien. Je cherche à savoir… Qu'est-ce qu'il a fait ?

— Si vous le voulez bien, dit Lentraille, c'est nous qui nous informons. Madame, nous partons immédiatement pour Paris.

*

Une Dauphine grise, quelconque, sans aucune indication officielle. Sans doute la propriété du petit inspecteur qui, comme Cuchet, travaillait ses notes de frais.

Il conduisait rapide, trop nerveux. Il avait une courtoisie un peu mécanique, froidement prévenant en réglant les déflecteurs.

— L'air ne vous gêne pas ?

Ils étaient repartis de Grenoble après une nouvelle heure d'attente durant laquelle Annette avait été laissée seule dans le beau bureau à moquette rouge. Sans doute, Lentraille avait-il donné des coups de téléphone, reçu des instructions de Paris ?… Il n'avait pas voulu déjeuner à Grenoble bien qu'il fût près de midi.

— On trouvera en route.

Et il roulait à cent dix, comme s'il s'agissait vraiment d'une question de minutes à gagner.

Dans un petit bourg, il arrêta la voiture sur une place. Deux relais routiers, presque voisins, affichaient des menus « touristiques ».

— Vous ne devez pas avoir beaucoup d'appétit ?

Annette n'avait rien dans le corps depuis la veille. Elle avait faim. Mais il lui parut indécent de l'avouer en de telles circonstances. Elle eut un geste évasif :

— Pas très.

— Moi non plus, dit-il. Si on peut gagner une heure, ça vaudra mieux.

Il entra plus loin dans une pâtisserie, en ressortit avec un assortiment de tartelettes.

— Voilà des calories !

Sur place, avant de démarrer, il engloutit trois petits gâteaux, quasiment d'une seule bouchée, avec une extraordinaire voracité. Il essuya ses mains à son mouchoir.

— Prenez votre temps. On boira un petit jus dans un autre bled. D'accord ?

Elle grignota, durant qu'il roulait encore une quinzaine de kilomètres. Il était près d'une heure et demie. À deux ou trois reprises, elle eut une impression de flottement... Puis il se mit à doubler une série de voitures en prenant des risques, pour ralentir considérablement et se laisser redépasser. Il paraissait tendu, le visage jaune. Il essaya de sourire.

— Je suis à fond de cale... Dormi un quart d'heure dans un fauteuil, c'est un peu juste. On ferait peut-être aussi bien de déjeuner.

Les petits gâteaux trompaient la faim. Annette proposa, très naturelle :

— Je peux vous relayer un peu, ça vous détendra.

Il eut un rire pincé et siffla, presque méchant :

— Gardez donc vos forces, vous en aurez besoin !

Il parut regretter aussitôt son mouvement d'humeur et il sourit, plus ouvert :
— Merci quand même !

*

Café paysan dans un village, il s'arrêta.

Poutres basses, ronds de vinasse sur de grosses tables brunes. Personne. Il fallut qu'il aille frapper à une porte passée au décalque.

Annette s'était assise, un peu hébétée, simple spectatrice. Cela lui arrivait à elle, elle entrait dans un événement considérable et elle restait indifférente... Il fallait qu'elle se répète : André est mort ! Et cela ne lui causait ni joie ni peine. Comment pouvait-elle avoir tant souffert depuis plus d'un an pour supporter maintenant la nouvelle avec détachement, comme pour la mort d'un étranger.

Elle vit la vieille qui servait les cafés. Le petit inspecteur pointu but avidement le sien et en commanda aussitôt un autre.

La seule fenêtre étroite qui donnait sur la route était presque entièrement obstruée par ces plantes à fleurs roses qu'on appelle des patiences. Cela laissait passer un faible jour d'aquarium, tout était sinistre, avec une vieille odeur de serpillière et d'eau-de-vie renversée.

Elle demanda le lavabo à la vieille. C'était répugnant.

Elle ne s'absenta pas deux minutes, mais lorsqu'elle revint elle vit que le petit Lentraille dormait, coudes sur la table, anéanti.

Elle attendit un moment. Il avait l'air d'un ivrogne qui cuve, cheveux en épis, veston fripé qui reformait un pli au-dessus du col.

Comme la vieille venait jeter un coup d'œil, elle paya les cafés. La bistrote eut alors un sourire complice de vieille sorcière paillarde.

— L'avez bien fatigué, votre monsieur !

Annette dut s'enfouir la tête dans ses mains pour réprimer un fou rire nerveux... Elle avait vingt-quatre ans, mère de famille, elle venait de perdre son mari, mais elle retrouvait soudain son âme de petite jeune fille moqueuse, délurée, prête à rire de tout, heureuse de vivre.

Elle laissa s'éloigner la vieille, attendit quelques minutes. Le gars ronflait, écrasé... Allait-il se vexer ? Elle en prit le risque.

Elle lui secoua l'épaule. Il se réveilla aussitôt, une pommette rouge, l'œil vaporeux. Il fit effort pour se rétablir dans le présent.

— Bon, eh bien, on y va !

Il voulut taper sur une tasse, elle l'arrêta.

— C'est payé.

Elle sortit la première et s'installa d'autorité au volant. D'abord il prit son air de fonctionnaire constipé, puis il sourit en s'asseyant à côté d'elle.

— Vrai coup de masse ! Si ça ne vous est jamais arrivé, je suis incapable de vous expliquer ce que c'est.

— Ça m'est arrivé, dit-elle.

Alors pour la première fois il la regarda, non en flic, mais en homme, presque en copain. Quelques secondes de lucidité, puis il parut de nouveau lutter contre un sommeil incoercible.

— Vachement soporifique, son café !

Il lui passa la clé.

— Allez-y à votre main, ce sera toujours ça de pris.

Elle démarra. À la sortie du village elle demanda, comme pour rester dans ce climat un peu humanisé :

— Je vous fais faire des heures supplémentaires ?

Il ne répondit pas, rencogné contre la vitre, immédiatement écrasé dans son sommeil animal.

*

Il émergea longtemps après, à la sortie d'une ville, sur un coup de frein un peu appuyé.

Elle devina qu'il l'examinait en coin, le regard descendant sur les jambes. Il demanda d'une voix engouée :

— Où sommes-nous ?

— Chalon.

Il faisait chaud, mais il eut le frisson du réveil, réprima un bâillement, gonfla son torse à plusieurs reprises tout en se frictionnant les tempes.

— Je crois que ça va aller. J'ai eu le coup de pompe. On est sur le coup depuis hier soir, six heures. Pratiquement, je n'ai pas dételé.

Il lui toucha le bras, amical.

— Merci. Je vais vous reprendre.

— Je ne suis pas fatiguée, dit-elle. Moi, j'ai dormi toute la nuit.

Quelque chose l'avait frappée, dans ce qu'il venait de dire.

— Six heures, hier soir ? Comment ça ?

Il ne répondit pas à sa question, mais il lui expliqua très gentiment :

— Nous passons d'abord à l'hospice d'Avallon. Je dois vous prévenir que le corps est à moitié carbonisé. On ne va pas vous demander l'impossible, mais ce sera suffisamment pénible.

— J'imagine, dit-elle en se raidissant.

— C'est plutôt moche, insista-t-il. Arrêtez-vous là, je vais m'y remettre.

Elle se rangea sagement sur le bas-côté, comme si elle passait un examen de conduite. Il ne sortit pas tout de suite de la voiture.

— Même si ça ne marchait pas très bien entre vous et lui, ça va vous flanquer un coup. Le médecin légiste a dû travailler dessus, ce matin.

Elle sentit comme une nausée lui pincer le ventre. Il la regarda, quasi fraternel et lui bourra l'épaule.

— On ne s'habitue pas à ça.

Il fit le tour de la voiture tandis qu'elle se poussait pour lui laisser le volant. Il redémarra et prit tout de suite de la vitesse. Il éleva la voix pour dominer le ronflement du moteur.

— Vous m'excuserez, j'ai peut-être l'air d'un sadique, mais c'est justement le contraire, pour vous éviter le choc. Puis-je vous poser des questions assez directes ?

— Allez-y !

Il prit un temps.

— Vous souvenez-vous s'il avait une prothèse dentaire ?

Ça faisait mal ! Elle réfléchit...

— Il avait des dents plombées. Je ne sais plus bien...

— Avez-vous l'adresse de son dentiste ?

— Non. Depuis qu'on est mariés, il n'y est pas allé. Pas à ma connaissance.

— Bien, dit Lentraille tendu vers la route. De toute façon, ses papiers n'ont pas été entièrement carbonisés et on a un reste de marque de tailleur sur le veston, un nom qui se termine par I.E.U...

— Tardieu ! dit-elle sans hésitation. C'est un tailleur du Faubourg-du-Temple. Il s'était fait faire un costume les premiers temps.

À la réflexion, elle ajouta :

— Je crois que c'était devenu son veston de travail. Il le laissait au vestiaire de l'agence, il ne sortait plus avec.

— Vous venez de préciser un point important, fit seulement Lentraille.

Elle resta un moment silencieuse, regardant défiler les arbres. N'y tenant plus, elle demanda :

— Mais qu'est-ce qui s'est passé, à six heures du soir ?

Il eut un rapide coup d'œil vers elle.

— Je suis désolé, mais si vous voulez bien regarder le compteur : je marche au maxi. Le commissaire Verdier veut vous voir le plus vite possible pour vous annoncer lui-même la nouvelle. Ça m'a été confirmé téléphoniquement à Grenoble... Passez-moi une expression de chez nous, mais le commissaire vous désire « vierge ». C'est un type très bien, vous verrez.

Il ajouta avec une nuance de respect :

— C'est un Monsieur !

*

Huit heures du soir, quai des Orfèvres.

— Vous pouvez rester, Lentraille !

Le commissaire Verdier n'était guère plus grand que son subordonné. La quarantaine étoffée, mais pas épaisse, un rien séducteur, les bonnes manières.

Ses premiers mots avaient été ronds de cordialité ; la main chaude, peut-être un peu peloteur sur les bords.

— Ma pauvre petite, vous devez être épuisée.

— Un peu, avait avoué Annette.

La main chaude s'était attardée sur son épaule.

— Nous allons liquider ça rapidement et vous pourrez aller vous reposer.

Bureau standard de fonctionnaire, avec une table et des classeurs aux reflets de tôle givrée, sol parqueté à l'anglaise et vitrifié. On avait l'impression que la pièce avait été récemment remodernisée, très impersonnelle. Pourtant, imprévu au sommet d'un classeur, éclatait un énorme bouquet de glaïeuls dans une espèce de saloir normand en terre vernissée.

Grain de lime cossu, chemise de soie et cravate grise, petite moustache soigneusement taillée, Verdier avait l'air très frais à côté de son jeune inspecteur dont la barbe perçait en picots.

Il désigna la chaise, puis se reprit, en courtoisie

bien étudiée. Il mena la jeune femme à son propre fauteuil, derrière le bureau.

— Tenez ! C'est tout ce que j'ai pu sauver de mon ancienne installation. Il n'est pas beau, mais il est confortable.

C'était un simple petit fauteuil de bureau des plus ordinaires, noyer verni, rembourrage de cuir à clous tapissiers.

Très lasse, Annette se laissa aller. Et d'abord, Verdier s'adressa à Lentraille.

— Ça s'est bien passé, à Avallon ?

— Correct ! résuma Lentraille.

Verdier fit comme une grimace amicale à la jeune femme.

— Dure journée, mon petit ! Pour vous, et pour nous aussi.

Il parut se perdre un instant dans la rêverie, puis se cogna les poings.

— Allez ! On va liquider ça ! Vous avez, je crois, un bambin qui est resté là-bas avec sa grand-mère ?

— Oui, monsieur.

— Et, naturellement, vous l'aimez bien. Est-ce que Letellier avait de l'affection pour... ?

Il toussota.

— Excusez-moi... Un petit garçon, je crois ? Comment l'appelez-vous ?

— Michel.

Verdier claqua des doigts et fit une grimace, comme pour s'excuser de son indiscrétion.

— Heu... Letellier est bien le père ?

Qu'est-ce qu'il allait chercher ! Annette le regarda, surprise, presque amusée.

— Oh ! je peux vous le garantir !

— Donc, je suppose qu'il aimait bien son enfant ?

Elle chercha un peu, pour répondre avec objectivité. Avant qu'elle ouvre la bouche il reprit, comme pour l'aider :

— Pas tant qu'une maman, bien sûr ! Éclairez-moi un peu sur ce qu'il était. Un renfermé ? Un brutal ?

Annette s'était crispée. Ses lèvres tremblèrent un peu, puis elle s'affermit.

— S'il vous plaît, est-ce que je peux savoir ce qui s'est passé ?

Verdier prit un air étonné.

— Mais, Lentraille, où en sommes-nous ?

Il prononçait « Lentrêle ». Le petit inspecteur soupira, comme à un jeu qui ne l'amusait pas.

— J'ai pensé qu'il valait mieux que ce soit vous...

— Eh bien, eh bien ! fit Verdier, faussement fâché.

Mais il était devenu plus ramassé, plus rude. Son sourire avait disparu et ses joues s'étaient couperosées. Il désigna un classeur, d'un coup de menton.

— Chère madame, ici il n'y a pas de classement alphabétique. Nous rangeons les criminels par catégories : les gros malins, les brutes au front bas, les pauvres types, les révoltés, les inconscients... j'en passe, et des meilleurs ! Eh bien, vous voudrez excuser le mot, mais Letellier appartenait à la catégorie des sales petits cons !

Il frappa sur le coin de la table, forçant la voix, se forgeant une colère travaillée, assez impressionnante pour qui ne l'avait jamais vu exécuter son petit numéro.

Il se passa la main sur les yeux, comme pour se reprendre.

— Excusez-moi. De toute façon vous n'auriez qu'à acheter un journal du soir pour apprendre ce qui s'est passé. Letellier travaillait bien à l'agence D du Crédit Commercial. Êtes-vous déjà entrée dans cette agence ?

— Oui.

— Pourquoi ?

— Pour le voir.

— Plusieurs fois ?

— Oui.

— Vous connaissez donc les lieux. Votre dernière visite à l'agence remonte à combien de temps ?

Elle réfléchit.

— Au mois de mars, ou avril. J'étais malade. Qu'est-ce qu'il a fait ?

— Est-ce que Letellier vous parlait de ce qui se passait à l'agence ?

— Pas les derniers temps.

— Est-ce qu'il avait l'air de s'y plaire ?

— Oh ! ça, non ! Il aurait voulu être plus près de chez nous. C'est à l'agence qu'il a fait quelque chose ?

— Attendez, dit Verdier en s'asseyant sur le coin du bureau. Savez-vous qu'en décembre on lui a proposé sa mutation pour l'agence de Belleville, ce qui aurait été beaucoup plus près de son domicile ? Il a refusé en disant qu'il se plaisait à l'agence des Halles.

— Je ne sais pas, dit Annette. Ça mène à quoi ? Il n'est quand même pas parti avec la caisse ; c'est impossible.

— C'est lui qui vous a dit que c'était impossible ?

— Oui. Je ne sais plus quoi : voiture de police, fourgon blindé... Il m'avait dit une fois qu'il faudrait être fou pour tenter un hold-up.

— Vous savez donc que c'était une grosse agence, avec des comptes de mandataires et des rentrées considérables certains jours du mois ?

— Oui.

— Letellier vous en parlait souvent ?

— Non. Je dois vous dire que les derniers temps on ne parlait plus de grand-chose.

— Je vous passe les détails, dit Verdier. Il est exact que tenter un coup de force contre l'agence, ou contre le fourgon, serait un suicide. Letellier était parfaitement renseigné. Les sacs de numéraires sont plombés dans le bureau du directeur, quatre-vingt-dix à cent vingt minutes après la fermeture des guichets, après le contrôle de tous les chèques et versements. Vous me suivez ?

— Oui.

— Bon ! Si vous connaissez les lieux, vous voyez la cage vitrée du directeur de l'agence. Eh bien, Letellier a silencieusement assommé le directeur d'abord, le caissier ensuite, a mis les sacs dans deux grosses valises et est parti tranquillement par le couloir de l'immeuble en serrant la main de ses collègues. Le coup impensable ! Une question de quelques secondes avant que l'alarme soit donnée.

L'expérience prouve que c'était suffisant pour disparaître.

Il s'arrêta, l'examina un instant comme pour voir comment elle prenait le coup.

Annette était devenue rouge. Le fait lui-même demeurait imprécis, irréel, et elle n'éprouvait pas le besoin d'en savoir davantage. C'était plutôt un sentiment de pudeur, comme si brusquement elle se trouvait toute nue. Elle « vit » sa concierge, les voisins de l'immeuble… « Je ne vais pas oser rentrer chez moi !… » On l'aurait étonnée en lui disant que ce sentiment s'appelait la honte.

Verdier se leva, prit un journal sur l'un des classeurs et le posa déplié devant elle.

— Tout est dans la manchette. Je ne pourrais pas vous résumer mieux qu'eux.

Elle vit la photo. Une voiture retournée, carbonisée, avec des silhouettes de gendarmes.

*Brûlé vif sur la route*
*avec le million (100 millions anciens)*
*volé quelques heures auparavant*
*dans une banque parisienne.*

Il y avait une suite en page 3, bien entendu. Elle voulut tourner la feuille, mais il l'arrêta.

— Tout le reste est littérature et suppositions. On dit notamment qu'il s'est tué en voulant forcer un barrage de police ; c'est complètement faux.

Il attendit encore un moment et remarqua :

— Pas de commentaires ?

— Ça ne va pas me rendre la vie facile, dit-elle avec rancune.

— Vous n'étiez pas au courant de ses intentions ?

Elle haussa les épaules.

— Absolument pas !

Il reprit le journal pour le reposer sur le classeur.

— Il va malheureusement falloir le prouver, dit-il. Je pense que vous serez d'accord pour que nous examinions cela immédiatement… Vous viviez en bonne entente avec lui ?

— Pas très. Nous étions sur le point de nous quitter.

Il prit une mine pateline de confesseur. Passant derrière elle, il lui mit les mains sur les épaules.

— Expliquez-moi ça, mon petit. Je ne veux pas du tout vous effrayer, mais vous devez comprendre que, s'il y a complicité — et certains indices nous le font croire —, nous sommes obligés de penser d'abord au conjoint, ou à la conjointe. Nous allons débroussailler ça ensemble, pour ne plus y revenir. D'accord ?

Pouvait-on dire qu'il la pelotait ? Dans sa manière de massoter les épaules on devinait l'homme à femmes ; mais après tout c'était peut-être sa façon de mettre de la chaleur humaine dans un interrogatoire ?

Elle vit devant elle le petit Lentraille avachi sur sa chaise, l'air profondément ennuyé du sous-fifre qui voudrait bien débrayer. Elle entendit la question tomber sur sa tête.

— Est-ce qu'il allait vous rejoindre ?

— Je n'en sais rien, dit-elle. Sincèrement, je ne comprends pas.

Il passa sur le côté en laissant traîner son bras.

— Letellier avait justifié de la présence de ses valises durant tout un après-midi à l'agence, du fait qu'il partait sitôt après le travail pour passer le week-end avec vous.

— Je vous jure que je n'étais pas prévenue.

Soudain l'argument du policier lui parut si faible qu'elle sourit, détendue.

— Écoutez, on m'a déjà demandé à Grenoble si mon mari était intelligent. Personnellement je pense que oui ; ou alors je ne sais pas ce que c'est que l'intelligence. En tout cas, je peux vous certifier qu'il n'était pas bête au point de dire à tout le monde l'endroit où on pourrait le cueillir !

— Ah ! oui ? fit le commissaire. Je vous expliquerai peut-être tout à l'heure par quelles acrobaties nous avons pu trouver l'adresse du chalet, qui n'est connue ni dans votre immeuble ni à Asnières, chez votre mère. Les collègues de Letellier ? Unanimes ! Vous étiez à Royan. Exactement à l'opposé !... D'autre part, il nous a fallu un certain temps pour découvrir l'existence de la Panhard.

Il s'assit de nouveau sur le coin du bureau et lui prit la main :

— Mon petit, tout s'est déroulé comme si on désirait simplement avoir quelques heures d'avance pour passer à l'étranger : Suisse, ou Italie.

Annette se sentit des battements dans les oreilles.

— Reste à savoir, poursuivit Verdier, s'il comptait franchir la frontière seul, ou accompagné. Je dois vous dire que de toute façon c'était un calcul imbécile : il se serait fait coincer. Avez-vous été en rapport avec l'étranger, ces jours-ci ?

Le grand type puant de Grenoble ! Il lui avait posé la même question dans la salle de cour d'assises ! Cette fois elle comprit tout de suite et répondit nettement :

— Non !

Aussitôt Verdier lui lâcha la main comme si c'était un objet sale. Il alla se mettre au niveau de Lentraille et les deux hommes la regardèrent bizarrement. Le petit inspecteur était trop fatigué pour avoir une mimique expressive, mais Verdier marquait une espèce d'étonnement dégoûté, comme si elle était subitement devenue un spécimen répugnant d'humanité.

Il chargeait un peu, mais elle ne s'en rendait pas compte. Il esquissa un sourire navré, eut un geste comme pour tenter de surmonter une offense personnelle.

— Écoutez, madame, je n'ai rien contre vous ; mais vous feriez mieux de coopérer, sinon ça va devenir pénible.

C'était le changement de ton qui était le plus surprenant. Portée, puis lâchée d'un coup, véritable estrapade mentale : l'a b c du métier.

Avec une moue navrée, le commissaire demanda de nouveau :

— Vous n'avez pas téléphoné à l'étranger ?

C'était donc ça ! Elle soupira.

— J'ai téléphoné en Suisse, il y a trois ou quatre jours, pour réserver une chambre. Je n'appelle pas ça : se mettre en rapport.

Verdier se dressa plusieurs fois sur la pointe des pieds.

— Mettons que ce soit une divergence de vocabulaire… À quel hôtel, je vous prie ?

— Gasthof Bären, La Lenk, canton de Berne.

Verdier continuait ses petits mouvements de culture physique, comme pour se fortifier les chevilles.

— Pourquoi ?

— Nous comptions passer quelques jours, avec mon mari.

Il leva la main, pour la stopper.

— Une seconde !

Il ne s'adressa pas à elle, mais à Lentraille à côté de lui.

— Mon cher, je ne sais si j'ai des tintements d'oreilles, mais il m'a semblé que madame nous avait précisé tout à l'heure que le ménage ne marchait pas et qu'ils allaient se quitter… Voilà maintenant qu'on nous parle d'un petit voyage à deux dans l'Oberland bernois, ce qui me paraît un lieu curieusement choisi pour une rupture.

L'ironie était lourde et Annette se sentait épuisée. Elle expliqua, le front barré :

— On ne se quitte tout de même pas comme ça, sans avoir tout essayé.

— Bien sûr ! dit Verdier.

Il s'approcha du bureau et prit un dossier orange.

— Qu'est-ce qui vous a spécialement orienté vers le canton de Berne ?

— Nous y avions fait un séjour, il y a quatre ans. C'était merveilleux. On avait pensé que, de revenir au même endroit…

— Je vois ! Un bis à la lune de miel ? Vous aviez des amis, en Suisse ?

— Pas précisément, fit-elle avec une gêne agacée. Je devais suivre une cure, à l'époque... Il y a des bains d'eau sulfureuse, à La Lenk.

— J'ai appris ! grinça Verdier. Souverains contre l'eczéma ! Je me demande si c'est remboursé par la Sécurité sociale.

Un « Monsieur », avait dit Lentraille !... Pourquoi se conduisait-il en goujat ? Tout cela parut soudain à Annette d'une révoltante bêtise. Aux mains des flics ! Rien à en attendre, que de délibérément ignoble !

— J'ai téléphoné du bureau de poste d'Autrans, fit-elle. La postière me connaît. Elle a certainement noté mon appel sur un registre. Si j'avais l'intention de disparaître avec les millions de la banque, croyez-vous que je serais assez stupide pour laisser une piste aussi grossière ?

— L'interprétation des faits, c'est notre affaire ! coupa froidement le policier. Il n'est pas exclu que ce coup de téléphone ostensible soit une fausse piste.

Elle sentit d'un coup l'épuisement de cette journée. Abandonnée, seule dans la cage aux fauves.

— Vous m'accusez de quoi ?

— Mais, je ne vous accuse de rien. Je suis en train de faire avec vous le tour des hypothèses pour la manifestation de la vérité.

Il était goguenard. On le sentait prêt à passer la nuit sur le tas. Il avait repris ses petits mouvements guillerets d'élongation.

— Revenons à votre version, voulez-vous ? Vous n'avez reçu aucune confidence de votre époux, le ménage marchait très mal et il avait une maîtresse... C'est bien ça ?

— Oui, fit-elle du bout des lèvres.

Il sortit un papier du dossier.

— On m'a même communiqué le nom de la dame que vous avez, paraît-il, livré spontanément à l'inspecteur Lentraille... Vous supposez que cette dame a reçu plus de confidences que vous-même ?

Annette se leva brusquement. Elle vibrait tout entière, comme une voiture aux freins bloqués qu'on veut faire redémarrer.

— Ce que je suppose ne regarde que moi ! Je suis crevée ! Vidée ! Toute la journée j'ai cru que Thérèse était morte aussi ! Si elle n'est pas morte, interrogez-la ! Mais je ne sais rien de plus ! Rien !

Le petit Lentraille soupira, avachi sur sa chaise. Verdier voulait sa crise de nerfs ? Il l'avait.

Le commissaire prit un air stupéfait, parfaitement imité.

— Mais, chère madame, je ne vous retiens pas davantage. Sapristi, nous ne sommes pas des bourreaux ! Je comptais liquider tout cela pour vous éviter un nouveau dérangement ; mais nous pouvons remettre à une autre fois.

Il tira plusieurs feuilles dactylographiées de son dossier orange.

— Juste une seconde, s'il vous plaît. Simple formalité d'authentification. Votre mari vous avait écrit, il y a quelques jours, n'est-ce pas ?

— Oui, souffla-t-elle.

— Bien entendu, je n'ai pas cette lettre en main. Mais un inspecteur de Grenoble a pu en prendre copie, avec la permission de madame votre mère. Copie téléphonée à nos services et rapidement tapée à la machine.

Il avait repris son air paterne, lui touchant doucement le bras.

— Asseyez-vous, mon petit. Je vous lis ça, et je vous laisse filer.

Annette avait les jambes coupées. Atterrée, battue, il lui semblait qu'elle appartenait déjà à la Justice. Plus rien à elle, ni pensée, ni papiers, ni vie privée ! Parce que son mari avait commis une incroyable bêtise, c'était maintenant à elle d'en supporter les conséquences.

Elle écouta Verdier qui commençait à lire, d'une voix volontairement monocorde :

— « Ma grande, je ne peux pas dormir. Je compte maintenant les heures qui me séparent du jour V... La maison est pleine de toi et je passe mon temps à me dire que je me suis conduit comme un imbécile.

« Pauvres gueules de minus à l'agence. Reminus dans le métro. Ter-minus ici, dans ce casernement H.L.M. Ce qui manque à tous ces abrutis méprisables, c'est le courage de s'en sortir.

« Il est deux heures du matin, et je viens de rester un moment à la fenêtre. Huit étages de clapiers, à droite, à gauche, devant, partout, bouchant l'horizon. Et moi-même dans mon box, simplement rangé pour la nuit, afin d'être demain matin taillable, corvéable, méprisable à merci. Ce qu'on appelle en somme un citoyen libre à part entière.

« Je vois, ou ne revois PERSONNE ! Inutile de te le préciser. Je juge maintenant avec lucidité ce genre d'aventure, qui est au Désespoir ce que le comprimé d'aspirine est au cancer. Simple coyonnade !

« J'ai bien reçu la photo du chalet. Plus grand que je ne pensais, et certainement confortable. Je n'ai rien contre ta mère, ni contre Mimi, et j'ai l'intention d'y mettre du mien pour un séjour agréable.

« Mais sais-tu à quoi je pense, en ce moment ? À ce Gasthof en forme d'immense chalet, bourré de Suisses, d'Allemands, d'Anglais, où nous étions pourtant nous deux, seuls au monde !

« Absurdité du Destin, mon plus beau souvenir d'amour reste ces trois merveilleuses semaines où nous avons soigné notre eczéma en commun ! Tu vois ce que notre histoire donnerait au cinéma !

« La croix blanche sur fond rouge, le "Grûte Sie" dans les couloirs, la petite gare fleurie de pétunias avec l'arrivée du "Montreux-Oberland Bernois", la masse du Wildstrubel qui domine la vallée et le petit restaurant de l'Iffigen Alp… Nous pourrions à la rigueur nous éviter le Kursaal et les bains sulfureux.

« Et oui, ce que je te propose, ma Nanie, c'est en quelque sorte des noces de soufre.

« Mais au point où nous en sommes, je n'ose prendre aucune initiative. Tout ce que je peux te dire, c'est que je songe très fortement à un changement de situation absolument radical. Je ne peux pas t'en parler dans une lettre. Mais si nous pouvions vivre quelques jours à nous deux seulement, je pense que je pourrais mieux te convaincre.

« Si tu en as envie autant que moi, je te demande de téléphoner à La Lenk pour nous réserver une chambre le plus vite possible. Écris-moi aussitôt que tu l'auras fait. Ta décision a une très grande importance pour moi.

« J'ai hâte de te revoir. Une bise au marmot, mais c'est surtout à nous deux que je pense. Chacun a le Destin qu'il mérite. Il ne faut jamais perdre de vue qu'exister ça veut dire que la Terre nous appartient, et que nous n'appartenons à personne.

« Bons baisers, ma Nanie ;

« André. »

Annette pleurait silencieusement, sans prendre la peine d'essuyer ses larmes. Verdier parut seulement s'en rendre compte. Il s'approcha, gentil.

— C'est fini, mon petit. Copie conforme ?

Elle ne répondit pas. Il reprit doucement, en lui caressant le bras :

— Ce n'est pas un piège, ma petite fille. De toute façon, nous aurons le document demain. Vous avez répondu, n'est-ce pas ?

Il sortit une lettre manuscrite du dossier orange.

— Les circonstances nous ont obligés à entrer chez vous par effraction. Inutile de vous dire qu'on a perquisitionné et que votre domicile est sous scellés. Voici votre réponse, trouvée sur la table... « Mon chéri... »

Il s'arrêta, jetant un coup d'œil vers l'inspecteur. Le petit Lentraille, jambes écartées, coudes sur les genoux, tête dans les mains, regardait obstinément le parquet verni, hostile et comme honteux. Verdier n'insista pas.

— Une lettre de femme affectueuse. Chère petite madame, vous en connaissez les termes mieux que moi. Le moins que j'en puisse dire, c'est que le ton de cette correspondance ne laisse absolument pas prévoir une intention de rupture.

Alors elle explosa en gros sanglots, rouge et laide, vidée, réduite, avec les mots qui venaient en saccades, comme le sang d'une artère rompue.

— ... Comprenez pas... Avoir un gosse... Toute seule... Peux pas laisser tomber comme ça... Quand même des souvenirs...

Enfin des vrais sanglots !

Le commissaire Verdier était devenu rose de satisfaction. Il n'était peut-être pas foncièrement sadique, mais comme chez tous les policiers, il y avait du dompteur en lui. Travail au pelotage, ou en férocité, le but était de dominer le sujet. Et maintenant, il l'avait « à sa pogne » ! Définitivement, il le savait ! La première séance de dressage est la seule qui compte.

— Mon pauvre chou, ça fait du gros chagrin, hein ? Allons, c'est fini, ma petite poule. Fini, fini ! Rappelle-toi seulement qu'il ne faut jamais essayer de blouser le papa Verdier. Hein, ma poulette ?

Chaste bise de grand-père sur le front.

— Là, pau' tit trou, tu vas rentrer chez toi. Et je te garantis qu'on te foutra la paix dans la mesure du possible.

Et soudain, autre face du personnage, le mondain, le « Monsieur » annoncé à l'extérieur, correct et humain.

— Madame Letellier, ne vous inquiétez pas. Lentraille va vous ramener chez vous et vous faciliter les choses. Je vous présente mes condoléances pour le deuil qui vous frappe.

Il s'inclina, constipé comme un vrai gars des pompes, et il sortit.

Le petit inspecteur qui appréciait le travail eut presque envie d'applaudir pour un rappel.

# II

Réveillée à huit heures par le serrurier.

Lentraille l'avait ramenée chez elle, la veille, après un détour au commissariat central du vingtième. L'opération de l'enlèvement des scellés s'était effectuée sans solennité en présence d'un jeune flic en uniforme, bavard et familier.

Mais hier était déjà du lointain passé. Annette n'avait ni montre ni pendule, mais le soleil sur l'immeuble en face lui donnait l'heure approximative.

Impression de devoir réenfiler la vie quotidienne comme un vêtement souillé. Mais ce qui dominait, c'était un besoin purement animal : la faim. À part les tartelettes d'avant Bourg-en-Bresse, elle n'avait rien dans le corps depuis trente-six heures.

Le serrurier était un jeune gars discret, un petit dépanneur S.O.S. qui travaillait au compteur. En dix minutes il avait reposé la serrure sans se permettre autre chose que des petits commentaires techniques. Mais en dix minutes, par la porte restée entrouverte, Annette avait pu entendre trois ou quatre fois les voisins murmurer sur le palier :

— Elle est revenue !

Elle paya l'ouvrier et s'enferma à double tour.

Plus rien dans le réfrigérateur, ni dans le buffet, qu'un fond de café en poudre coagulé.

L'appartement était un petit deux-pièces-cuisine, troisième étage, plein nord. Et la villa était une grande cour sonore qui gueulait sa radio et sa télé par toutes les fenêtres ouvertes, tandis que les petites cylindrées fumaient et pétaradaient devant la boutique du réparateur de motos.

Il faudrait déménager, sans doute. Rien n'attachait plus maintenant Annette à ce quartier de la Porte des Lilas qui paraissait si vivant, à cinq ans de là, quand elle était venue s'y installer avec André.

Femme trompée, femme d'un mort, femme d'un voleur ! De quoi longer les murs, yeux baissés et genoux serrés !... Annette était jeune et retomba du bon côté, désinvolte :

— Et puis, je les emmerde !

Elle sortit, ni lavée ni peignée. Il faudrait bien les affronter un jour ou l'autre... Pourquoi pas maintenant !

Coin d'anciennes carrières, quartier accidenté. À quelques centaines de mètres se trouvait le point le plus haut de Paris, le cimetière du Télégraphe, avec la petite plaque à Chappe.

La rue Haxo traversait la rue de Belleville et dégringolait brusquement sur le Pré-Saint-Gervais et le square jamais terminé de la butte du Chapeau-Rouge où Annette avait mené tant de fois la voiture de Michou.

On ignorait son nom dans le quartier, mais

comme maman de Michou, elle était connue des commerçants.

Elle s'en rendit compte chez la boulangère en prenant sa ficelle. La petite femme au nez en pied de marmite rougit sous la surprise, demanda discrètement des nouvelles du bambin, trouva le biais :

— Ça vous a fait revenir brusquement, ma pauvre !

Pas de la curiosité sadique, encore moins de l'hostilité ; mais certainement tout le quartier était au courant.

Ça valait des condoléances. Annette remercia d'un sourire triste et lointain. Elle avait une envie folle de mordre dans la ficelle et la compassion, même bienveillante, la gênait.

Il y avait heureusement une cliente ; la jeune femme en profita pour allonger la monnaie et se glisser dehors.

Ne pas donner prise, c'est tout. Elle ne méritait ni l'opprobre ni la pitié, et ce qu'elle voulait surtout, c'était manger !

À l'épicerie elle prit sa carafe de lait, beurre et confitures. La fille qui la servait n'avait pas l'air au courant, mais la grosse mère Houssain qui s'occupait de quelqu'un d'autre avait travaillé des mines, miel et vinaigre, campagne, directe :

— À ce qu'on dit, vous avez un malheur, ma petite…

— Je crois qu'on appelle ça comme ça, fit seulement Annette.

Elle n'aimait pas beaucoup la grosse femme et n'avait rien à perdre. D'un coup de dent elle entama la ficelle de gruau… « Je m'en fous, je m'en fous, je m'en fous !… »

— Heureusement que vous êtes jeune ! se choqua l'épicière.

Oui, ce devait être ça ; elle était bien plus jeune qu'au cours de cet hiver épouvantable où elle avait absorbé jusqu'à la nausée cette saumure de vie ratée.

Soleil d'une matinée claire sur le bitume, couleur des robes, des boutiques, des voitures, animation… Elle se sentait toute neuve en petit pull de laine dorée, pieds nus dans ses sandalettes.

Une locataire en conversation avec la concierge, devant la loge… « Se farcir la bigne ! » disait André qui ne l'aimait pas et la trouvait notamment sale et méchante. Reproche direct de la vertu outragée :

— On ne savait même pas où vous étiez !

— Eh bien, me voilà, dit Annette en s'arrêtant à peine.

— C'est obligatoire de donner son adresse ! Le gérant n'est pas content ! Ça fait mauvais effet dans l'immeuble ! La police, les journalistes…

— Vraiment désolée, madame ! Je veillerai à ce que ça ne se reproduise pas.

La locataire était plus intelligente. Mimique compréhensive.

— Sûr que c'est vous la première victime, ma pauvre.

Annette la remercia d'un signe de tête et passa.

La concierge la rappela aussitôt, soudain tout miel, friande et humble, œil jouasse de chienne sur sa gueule pointue de bignole-née.

— Attendez donc, madame Letellier… Qu'est-ce qu'il y a eu, exactement ? Nous, finalement, on ne sait pas grand-chose…

— Moi non plus ! s'irrita Annette. Mon mari est mort, c'est tout ce que je peux vous dire !

Elle rompit, attaquant l'escalier. Et tout d'un coup elle constata qu'elle n'avait même pas eu l'idée d'acheter un journal. Tout se passait comme si cette histoire ne la concernait pas… Faim et soif ! C'est tout !

Sur le palier du premier, elle mordit dans son pain et commença à décapsuler la bouteille de lait. Elle n'avait plus vingt-quatre ans, ni même douze, elle se sentait comme une gosse neuve, tout en avenir.

Elle s'arrêta sur une marche, but avidement au goulot le « pasteurisé » fluide et frais… Et c'est alors, tête levée, qu'elle vit Thérèse qui la regardait depuis le palier du troisième.

Durant toute la journée, de Grenoble à Paris, elle avait cru Thérèse morte, assassinée. Mais de la voir, là, elle eut chaud dans les veines. Rien de plus près d'une amie qu'une ennemie. Elle faillit sourire, monta lentement l'étage.

— C'est moi que tu viens voir ?

Thérèse avait les lèvres blanches, les yeux cernés. Insomnie. Elle essaya un petit rire forcé.

— C'est ce que j'ai trouvé de plus intelligent.

— Tu sais ?

— Oui. J'ai passé ma journée d'hier au Quai des Orfèvres.

Le petit gars S.O.S. avait dû huiler la serrure ; la clé tournait sans bruit, sans accroc, un vrai beurre.

Annette entra directement dans la cuisine.

— Tu m'excuseras, mais je n'ai rien mangé depuis avant-hier soir. J'ai faim !

— Pas moi, dit Thérèse.

Ce n'était pas un reproche, plutôt l'aveu d'une défaite. Nerveuse, les yeux gonflés d'avoir pleuré, la pauvre Thérèse avait vieilli de dix ans... « Elle l'aimait vraiment !... »

Lait sur le gaz, reste de café soluble directement dans la casserole. Elle ouvrit le pot de mirabelles, y plongea une petite cuiller.

— Vrai, tu n'en veux pas ?

— Merci, je ne pourrais pas.

La meilleure amie... Classique !

Annette prit le temps de couper le pain dans sa longueur, d'y étaler beurre et confitures.

— C'est le commissaire Verdier qui t'a interrogée ?

— Oui.

— J'y étais hier soir vers huit heures.

— Moi aussi, dit Thérèse. Toute la journée. Ils me laissaient mariner, puis ils me reprenaient. Ils ne m'ont pas dit que tu étais là.

— À moi non plus.

À part l'effraction, la perquisition de la veille avait été discrète : tiroirs ouverts, mais rien de salopé. Par contre, la vaisselle d'André s'entassait sur l'évier, dans une odeur de vieille choucroute moisie.

— Mais qu'est-ce qui lui a pris ? demanda Thérèse d'une voix perdue.

À trois mois près, elles avaient le même âge.

Thérèse était plus petite, corsage plus plein et mollets musclés de patineuse. Elle était en général toujours très fraîche, mais là elle avait un air stupide de vieille brebis chifrenée, le nez rouge et l'œil larmoyant : une sentimentale.

Annette sentit se former la boule à l'estomac.

— Je t'en prie ! Si quelqu'un doit chialer, c'est moi !

— Je ne chiale pas ! dit l'autre.

Et elle se mit à pleurer en quittant la cuisine. Annette sortit deux bols, versa un café au lait bizarrement marbré et passa dans la salle aux petits meubles bretons qui venaient de sa mère.

— Allez, bois ça !

Thérèse obéit. C'était juste tiède, mais ça faisait du bien. Le visage tourné vers la fenêtre, elle demanda d'une voix forcée :

— Ne te fâche pas de ce que je vais te dire, mais étais-tu au courant ?

— Et toi ?

— Moi, non !

— Moi non plus, dit Annette.

— Il n'allait pas te rejoindre ?

— S'il venait, je n'en savais rien.

— Je te crois, fit Thérèse.

— C'est encore heureux !

La petite termina son bol, se retourna vers Annette, plus calme.

— Si tu penses qu'on n'est pas assez malheureuses comme ça, je ne vais pas t'ennuyer davantage. J'ai peut-être des torts, je ne demande pas mieux que d'en parler. Ça s'est fait comme ça. Je te jure que ce n'est pas moche... Et finalement, tu vois, on croit connaître quelqu'un et on ne sait rien ! C'est seulement cette nuit que j'ai compris que tout ça, c'était du baratin. Ce n'est pas avec moi qu'il a voulu partir, mais avec toi.

— Première nouvelle !

— Non, dit Thérèse. Tu ne savais pas la bêtise qu'il voulait faire, d'accord. Mais enfin, c'est bien avec toi qu'il voulait passer en Suisse !... Ils m'ont obligée à lire ta lettre, sous prétexte de certifier l'écriture.

Annette rougit. Elle ne se souvenait pas des termes exacts dans sa réponse à André. Elle lui disait qu'elle avait téléphoné à Lenk, que ces « noces de soufre » pourraient peut-être stériliser la souffrance passée, qu'ils étaient jeunes encore, que le couple était, somme toute, un mystérieux personnage susceptible aussi de « faire » de l'eczéma... Mais sous cette salade bêtasse, elle se souvenait du sentiment profond qui l'avait fait répondre gentiment. Pas un sentiment : un besoin animal, besoin d'un homme, besoin d'un mâle d'autant plus empressé qu'il voudrait plus se faire pardonner... C'est peut-être en écrivant cette lettre gentille et amoureuse qu'elle avait constaté qu'elle n'éprouvait plus de jalousie et, simplement, qu'elle ne l'aimait plus.

— Pauvre André, dit-elle. Il était fragile de sentiments comme on est fragile des bronches. On ne peut pas lui en vouloir.

— Je ne lui en veux pas, fit la petite Thérèse pathétique. C'était un impulsif.

— Non, dit la veuve. Il était vache. Je le connais mieux que toi.

Et comme la copine, choquée, se taisait, elle s'approcha d'elle et lui mit une bise sur ses cheveux paille fauchée.

— Je t'aime bien, mon Théréson. Toute la journée d'hier j'ai cru qu'il t'avait assassinée… Alors, tu sais, les petites coucheries, c'est loin !… Non, non, je t'en prie, ne chiale pas !

— Ce que tu es devenue coriace, constata Thérèse. Je ne te reconnais plus.

— Moi non plus, avoua Annette en terminant sa ficelle de gruau. J'ai encore plus faim que tout à l'heure !… On va déjeuner ensemble, tu veux ? Tout cet hiver, je t'ai détestée et même hier, quand j'ai cru qu'il t'avait tuée, ça m'a presque fait plaisir.

— Merci ! fit la petite, peinée.

— Puisque je te le dis, c'est que c'est fini. Même je suis contente de te voir, c'est vrai !

— Moi aussi, fit la petite. Hier soir à la Cité, d'un rien je me serais foutue sous le métro. Et toute la nuit j'ai pensé à des choses… Faut absolument que je t'en parle, Annette. C'est peut-être simplement que je deviens dingue.

Cette fois Annette lui mit deux bécots sur les joues. Amitié retrouvée, sincère.

— Il t'a eue, hein mon Théréson. Allez, va ! Ça te passera comme ça m'a passé !… Je vais faire ma toilette.

— Attends ! dit la petite blonde en s'accrochant à elle. C'est tellement grave ce que je veux te demander…

— André t'avait mise dans le coup ?

Thérèse hésita.

— Je me rends compte qu'il a essayé de le faire. Autant te le dire, j'étais en vacances à Royan. Samedi et dimanche derniers, il est venu me voir là-bas. Je te raconterai tout ça, mais il s'agit d'autre chose beaucoup plus grave. Faut que je te pose des questions.

— J'en ai autant à ton service, dit Annette. Vas-y toujours !

La petite se crispa, rentra la nuque comme si elle plongeait pour la première fois du tremplin de dix mètres.

— Est-ce qu'ils t'ont montré l'endroit de l'accident ?

Annette s'assombrit. Ça faisait mal de repenser à ça.

— Oui. J'ai vu le corps à l'hospice d'Avallon, derrière une vitre.

Elle devint blême, au souvenir. Puis, ce qu'elle avait enduré elle eut envie de le faire souffrir à l'autre. Elle se raidit et insista, méchante :

— La tête avait l'air d'un vieux pneu brûlé, avec des bulles et des crevasses noires.

— Tais-toi ! supplia la petite.

— Des sadiques ! continua Annette, dents serrées. Ils voulaient que je tombe dans les pommes, mais je suis restée debout, appuyée au petit inspecteur. Il m'a dit plus tard que j'avais dû lui faire un bleu ! Identification ! Tu parles !

— Tu ne l'as pas identifié ?

— Je crois que c'était bien sa pauvre tête, mais

c'était surtout dégoûtant… Une oreille, on aurait cru un cendrier. Ils l'ont fait exprès, je te dis. Surtout que j'avais déjà reconnu ses affaires, son veston, sa montre, son portefeuille… ou du moins ce qu'il en restait.

La petite blonde était devenue très pâle, mais à son tour elle luttait pour rester debout.

— Ça me confirme ce que je crois, dit-elle. L'accident était loin d'Avallon ?

— Une dizaine de kilomètres.

— Sur la nationale ?

— Je ne sais pas, dit Annette. C'est un coin du Morvan. Je ne connais pas.

— Moi, je connais ! fit Thérèse.

Des tendons marquaient son cou, elle était devenue moche et vieille, avec cette tête d'autre monde qu'on voit aux rescapés d'accident.

— Tu as raison, c'est des sadiques. À moi, ils ne m'ont pas montré le corps, mais les premières photos de la voiture avec le cadavre encore soudé au volant ! Ça s'appelle Chastellux, il y a un grand pont qui domine la vallée de la Cure. Il y a une colonie de vacances de l'E.D.F. ; j'y ai passé un mois quand j'étais gamine.

— Il y a en effet un grand pont, très haut au-dessus d'une rivière, convint Annette. Et il y a un grand château dans la vallée.

— C'est lui que j'ai reconnu sur l'une des photos.

Thérèse respirait à petits coups rapides, le nez pincé, blanche comme si elle allait vomir. Annette la regardait, plus maîtresse d'elle, ne comprenant pas bien…

— Qu’est-ce que tu veux me dire ?

— Attends ! fit Thérèse. Je m’excuse de te faire du mal, mais j’ai fait bien des kilomètres en voiture avec André. Toi aussi. As-tu l’impression qu’il était mauvais conducteur ?

— Non. Je l’ai vu me faire des scènes épouvantables au volant, mais il était toujours maître de sa voiture. Je me suis toujours sentie en sécurité avec lui.

— Il était de premier ordre ! scanda la petite blonde. Il aurait peut-être pu se faire télescoper, d’accord. Mais ça, l’accident bête tout seul sur la route, ça ne colle pas avec lui !

— Ça peut arriver à tout le monde, dit la veuve, sans conviction.

Elle savait déjà ce que la copine voulait insinuer. Elle y avait pensé furtivement, la veille. C’était fou.

— La voiture a bien déboulé dans le ravin à droite en venant d’Avallon ? poursuivait la petite.

— À la sortie du pont... C’est-à-dire qu’il venait sur le pont. Il a raté le virage et traversé la route.

— Donc, il revenait sur Avallon ?

Annette affirma faiblement de la tête.

— Qu’est-ce que tu crois ?

— Je crois que c’est de la frime, dit Thérèse avec force. Ils l’ont abattu, et ils ont maquillé ça en accident.

— La police ?

— Les bourriques ! fit la petite avec haine. Écoute-moi bien, Nanie ; tu as vu comme moi la gueule de ces poulets ? Ça t’inspire confiance ?

— C'est une autre question, dit Annette. Ta supposition me paraît un peu gratuite.

— Justement, dit Thérèse, crispée. Pas gratuite du tout ! Sais-tu combien il y avait dans les sacs de la banque ?

— D'après un journal, une centaine de millions.

— Je te raconterai tout ça dans le détail… Je fais figure de complice. J'ai été confrontée avec un type de la banque. C'est lui qui a parlé de cent vingt-sept millions, devant moi.

Elle avait toujours son bol à la main et, sans y penser, elle raclait le sucre fondu avec la petite cuiller. À la vérité, elle tremblait.

— Et sais-tu combien on a récupéré dans la voiture ?… Je suis restée quinze heures dans les bureaux. J'étais là, à neuf heures du soir, quand le type du laboratoire est venu avec son rapport. Verdier devait être avec toi dans un autre bureau. Ça s'est passé quasiment devant moi, et plus tard, j'ai aperçu les liasses brûlées, arrondies, avec les bords calcinés et le milieu simplement jauni, presque intact… Il n'y avait pas plus de vingt millions.

— Intacts ?

— Non, non ! En tout dans la voiture ! Je ne me souviens pas de tout ce qu'il a raconté : ils ont pesé les cendres au laboratoire, ils ont fait des essais de volume… Et ils n'ont même pas trouvé le dixième de ce qu'il aurait fallu trouver. Le type était formel. Au moment de l'incendie, il n'y avait pas vingt millions, au grand maximum ! Tu comprends ?

— Tu veux dire qu'il y aurait cent millions qui cavalent ?

— Exact !

Annette fit la moue.

— Peser des cendres, c'est un peu vague, non ?

— Faut croire que non, parce que ça leur a fait l'effet d'un coup de théâtre. Quand le commissaire Verdier est revenu, ils se sont d'abord enfermés. Et puis il m'a reprise dans son bureau. Il m'a dit de son air le plus vache qu'il y avait un fait nouveau et qu'il avait maintenant la certitude absolue d'une complicité. Et sûr que, dans son idée, c'était moi, la complice !

Elle se mit à trembler plus fort, le bol lui échappa et tomba sur le tapis poil de vache. Elle se baissa pour le ramasser, mais le sanglot la cloua littéralement à quatre pattes, petit animal vaincu, pitoyable.

Annette se laissa couler à genoux, la prit affectueusement dans ses bras.

— Théréson, allons ! Je sais bien que tu n'y es pour rien !... Ils ne peuvent rien te faire.

La petite se dégagea, farouche.

— Bien sûr, qu'ils ne peuvent rien me faire ! Mais lui, ils l'ont tué froidement ! Je n'approuve pas ce qu'il a fait, mais ce n'est pas une raison pour le tuer !

Annette se leva, gênée, pas à la longueur d'onde.

— Écoute, mon petit... Je comprends que ça te fasse un choc. Mais franchement, c'est une accusation bien vague. Je ne vois pas ce qui te fait croire que la police...

— Pas la police... Un policier ! fit Thérèse en luttant pour retrouver son calme. Et je sais même son nom.

— Allons !

— Et son prénom ! s'obstina la petite blonde toujours sur le tapis. Les autres l'appellent Lulu… Un nom comme « Central », ou « Lentral »…

Annette eut un haut-le-corps. Immédiatement elle avait fait le joint avec le petit Lucien Lentraille, que tout le monde prononçait « Lentrêle ».

Elle eut envie de gifler la copine, comme on rudoie une hystérique pour l'aider à retrouver le sens des valeurs. Elle se contenta de la relever, un peu rudement.

— Je t'en prie ! Fous-toi sur le divan, et ne bouge plus ! Je ferais mieux de me laver que d'écouter tes conneries ! Tu as peut-être entendu prononcer son nom, mais, moi, j'ai passé la journée d'hier avec Lentraille. C'est un endormi, un petit fonctionnaire auvergnat de Paris. Je le soupçonne d'avoir froidement arrondi le prix des deux repas sur ses notes de frais, alors qu'il m'a nourrie de tartelettes… À part ça, je ne sais pas ce que tu vas imaginer, mais André n'en aurait fait qu'une bouchée.

Elle passa dans la cuisine pour allumer le chauffe-eau qui fournissait aussi l'appareil à douche. Petit logement bon marché, il n'y avait pas de cabinet de toilette. On se lavait sur l'évier, et les jours de douche on sortait le collier et le bac qu'il fallait ensuite siphonner.

Elle entendit Thérèse qui demandait d'un ton buté, depuis la salle à manger :

— Alors, toi, ça ne te fait rien, qu'on assassine André ?

Pour ne pas répondre une grossièreté, elle se déshabilla en vitesse et fit gicler l'eau.

*

Elle finissait juste de se rincer quand on sonna. Heure du courrier ; elle cria à Thérèse d'aller voir.

Et tout de suite elle reconnut la voix d'homme : c'était Lentraille.

Elle prit à peine le temps de se sécher, enfila ses vêtements en un éclair et bondit dans la salle à manger en agrafant sa jupe.

Thérèse connaissait peut-être le nom du policier, mais elle ne l'avait jamais vu ; ce qui évitait bien des bêtises.

Il avait juste eu le temps de demander Mme Letellier... Sans doute avait-il rattrapé une partie de son sommeil ; sans sa tête de crevé, il était presque beau garçon. Il sourit :

— Je vous dérange ?

Dépeignée, le corps nu sous son pull, le bout des cheveux trempés, Annette flairait la savonnette à l'iris de Florence, propre et neuve comme une innocence sans culotte et sans soutien-gorge.

Rien qu'à la voir on savait que, pour elle, l'affaire était classée, qu'elle reprenait son nom de jeune fille et balançait cinq années de sa vie au panier de linge sale. L'avantage d'avoir tâté de la dépression nerveuse : on fait le réapprentissage d'un égoïsme bienheureux.

— M. Verdier veut me voir ?

— Non, rassura-t-il. Juste un petit détail. On n'a pas voulu vous convoquer.

Il fallait en arriver là, elle fit les présentations. Mais ni l'inspecteur ni la copine n'eurent l'air surpris ; ils s'étaient déjà situés. Pour qu'il n'y ait aucun doute, Annette précisa, à l'intention de son amie :

— M. « Lentrêle » a eu la gentillesse de me ramener de Grenoble.

— La mission, rectifia-t-il en petit gars très froid et trop poli. C'est bien grâce à vous, madame, qu'elle n'a pas été uniquement désagréable.

Envoi de fleurs ! Il se tourna vers Thérèse, la pesa du regard.

— Je crois que vous êtes également entendue comme témoin, mademoiselle ?

Annette se rendit compte alors que la copine avait un sourire figé et qu'elle était incapable de parler. Pourvu que cette idiote n'aille pas exploser ! Elle prit le parti d'attaquer, prenant le devant de la scène.

— Ça vous étonne de la trouver ici, hein ?

Le petit Lentraille sourit d'un seul côté, ce qui mettait de travers son trait de moustache brune et glaçait davantage son œil de judoka pète-sec.

— Vous êtes majeures et vaccinées, mes petites !

Mais il n'avait pas l'intention de jouer les bourriques. Il équilibra sa moustache.

— Je ne m'étonne de rien, surtout quand ça m'arrange. Ça m'évitera de passer chez mademoiselle pour lui poser la même question : André Letellier avait-il un frère ?

— Une sœur, dit Annette… Oh ! là, là ! qu'est-ce que vous allez chercher ! Cette pauvre Cécile n'est pas dans le coup. Elle a quinze ans de plus que lui, elle tient un commerce de parfumerie à Aubervilliers…

— Nous savons ! fit sans impatience le petit Lentraille. Nous avons notre idée là-dessus, mais nous cherchons un frère, sinon jumeau, du moins à peu près du même âge que votre mari.

— Il n'y en a pas, répondit Annette.

Le policier sortit de sa poche une photo 9 × 12 et la posa sur la table.

— Notre opinion était déjà faite. Ceci est une épreuve truquée, n'est-ce pas ?

La photo avait été raflée la veille au cours de la perquisition. Annette la connaissait bien… Une table, deux joueurs de cartes qui se faisaient face. Et ces deux joueurs représentaient un seul et même homme : André. L'illusion était parfaite, on aurait cru des frères jumeaux en train de taper la coinchée.

À revoir les traits d'André, Annette eut un pincement.

— Qu'est-ce que vous allez chercher !

— Oh ! fit le petit inspecteur avec un peu trop de sérieux, nous considérons simplement cela comme l'indice d'un besoin de dédoublement de personnalité. Il s'agit d'une double exposition, n'est-ce pas, avec un système de cache ?

Annette écarta les bras, ignorante.

— Ça… Il y a certainement un truc !

— Étiez-vous présente lorsqu'on a pris cette photo ?

— Oui, dit-elle. C'était l'année dernière, je crois, à une fête foraine.

Elle remarqua que Thérèse, qui ne devait plus tenir sur ses jambes, était allée s'asseoir sur le divan, dans le coin le plus sombre de la pièce. Ça valait mieux comme ça !

Pour tenir l'attention du petit inspecteur, elle trouva des détails, d'ailleurs vrais.

— Il y avait des joutes sur l'eau. C'était à Saint-Mammès, du côté de Moret. Un forain qui faisait de la photo-minute.

Lentraille se tourna alors vers Thérèse, lui tendit le carton.

— Vous connaissiez ?

La réponse arriva aussitôt, sèche comme un retour de balle.

— Non !

— Excusez ! fit-il ironiquement. La cause est entendue, Letellier n'avait pas de frère jumeau... Je dois vous dire très franchement que ça n'a pas empêché le commissaire de dormir.

Et, pour changer de conversation, il demanda à Annette du ton du « fan » qui parle de son idole :

— Alors, qu'est-ce que vous en dites, de M. Verdier ?

À la réflexion, elle le prenait pour un vieux crabe. Néanmoins, elle leva le pouce et cligna de l'œil ; inutile de se faire des ennemis dans la place !

— De première bourre !

Il prit un air modeste, comme si le compliment lui était personnellement adressé.

— Oh ! on se fait en général une fausse opinion

de nous autres. Il y a des brigades de choc, bien sûr. Mais des hommes comme M. Verdier nous amènent une certaine finesse de grain.

« Cet infect cabot ! » pensait Annette. Mais elle s'épanouit, quasi admirative :

— Il faut convenir qu'il se conduit en homme bien élevé. Vous avez une profession qui doit vous donner des satisfactions, monsieur Lentraille.

Il y eut comme un ricanement douloureux qui venait du divan. Annette s'empressa d'en remettre.

— De la psychologie, et puis du mouvement… En somme, c'est complet ! Comment ça se passe, monsieur Lentraille, pour une affaire comme la nôtre ? Vous avez été alertés aussitôt après le vol ?

Elle cherchait à paraître simplement polie, mais se donnait du chien, mains retournées aux hanches, cambrant la taille, faisant valoir ses petits seins nus et fermes sous son tricot doré.

— Nous avons été alertés quelques minutes après le vol, dit Lentraille.

— Et vous avez interrogé le personnel de la banque ?

— Oui, dit l'inspecteur.

— Pas vous ! fit une voix sauvage sur le divan.

Surpris, Lentraille se retourna, une lueur dans le regard.

— Pardon ?

— Pas vous ! répéta Thérèse, obstinée.

Lentraille fronça le sourcil, puis il prit le parti de sourire.

— Dans ce cas particulier vous avez raison, mademoiselle… Mais comment savez-vous ?

— On a des oreilles !

Il fallait absolument la faire taire. Annette se précipita sur elle, la bisotant :

— Mon pauvre chou, tu es toute retournée... « Ta gueule !... » Finalement tu l'aimais mieux que moi, tu vois... « Ferme ça, idiote !... »

En la bisant près des oreilles, elle lui avait glissé les conseils de prudence, mais la petite restait raide comme une râpe à bois, respiration courte, vengeresse.

Lentraille ne s'était pas rapproché, mais il n'était pas dupe. Il attaqua, doucereux :

— Mais laissez donc votre amie, madame Letellier. Elle a des oreilles fort jolies. Qu'a-t-elle entendu ?

Se mettre un flic sur les reins ! Le chagrin avait vraiment sonné la pauvre fille ! Annette prit les patins, se posant en bouclier.

— Elle me disait justement... Elle a été très impressionnée. Il paraît qu'on n'a pas retrouvé tout l'argent dans les cendres et qu'il y avait encore cent millions qui cavalent.

Lentraille devint glacial.

— Des petites oreilles bien fines !... Je ne confirme ni n'infirme. Mais je vous conseille, mesdames — si jamais des journalistes traînent encore dans le quartier — de ne faire aucune allusion à ce sujet !

— C'est donc vrai ? demanda Annette.

— Secret de l'instruction, madame. Excusez-moi !

Il était devenu flic impavide à la fenêtre, toisant

les huit étages de l'immeuble d'en face comme s'il le soupçonnait d'être bourré de suspects.

— L'expérience nous conseille d'être prudent avec les expertises de ce genre, expliqua-t-il poliment. M. Verdier est justement ce matin au labo pour confirmation. C'est bien tout ce que les petites oreilles ont enregistré ?

— Non ! fit la voix blanche sur le divan. Vous étiez le premier sur les lieux de l'accident.

— Moi ?

— Oui, vous !

Ça y est ! Le duel était engagé ! Annette ferma les yeux ; la situation lui échappait. Elle fut reconnaissante au policier de prendre ce ton doux et patient qu'on réserve aux enfants butés.

— L'accident a été signalé à minuit trente sous forme d'appel d'incendie à la gendarmerie de Quarré-les-Tombes. Les gendarmes sont arrivés un quart d'heure plus tard. C'est eux qui ont reconnu le numéro de la voiture, qui leur était déjà signalé, et ils ont prévenu la police judiciaire. Voilà le déroulement du film, mademoiselle. Vos petites oreilles ont mal entendu. Je ne me suis pas trouvé le premier sur le lieu de l'accident. Ça vous suffit ?

Annette prit le parti d'aller s'asseoir auprès de sa copine. Elle lui serra le bras jusqu'à la moelle du cubitus.

— Bien sûr, monsieur Lentraille. Ne faites pas attention, elle a pris le coup en pleine poitrine.

— Nous parlions des oreilles de mademoiselle, fit l'inspecteur sans rire ; pas de la poitrine. La poitrine est irréprochable !

« Petit sagouin, il a déjà louché sur ses nichons !… » Annette se releva, mondaine.

— Et vous êtes arrivé à quelle heure à l'endroit de l'accident ?

— Un peu plus tard, éluda l'inspecteur.

— À une heure cinq ! souffla farouchement la petite.

Lentraille prit son visage concentré de judoka et laissa filer une expiration lente. Il eut un mouvement des lèvres, comme pour parler… Comme acteur, il n'arrivait pas à la cheville de Verdier.

Annette sentit le nœud se former à l'estomac. La copine venait de dire quelque chose de grave qui expliquait d'un coup toute son attitude. Elle ne voulut pas encore y croire.

— Voyons, mon chou, ce n'est pas possible ! Si la gendarmerie a prévenu ces messieurs à une heure moins le quart, M. Lentraille n'a pas pu faire deux cent cinquante kilomètres en vingt minutes !

— Bien sûr ! dit Thérèse. Il était déjà là !

C'était aller un peu trop loin. Annette se hâta de tendre la perche à l'inspecteur.

— Ce n'est pas vrai ?

Lentraille était devenu tout en mâchoire, comme s'il broyait des châtaignes : le furieux rentré à colère blanche ! Il prit quand même la peine d'esquisser un sourire à l'usage d'Annette.

— C'est exact !

Puis il fonça sur la petite blonde, lui prit le menton dans la main et l'obligea brutalement à relever la tête.

— Dites-moi, ma petite, savez-vous quel jour

nous sommes aujourd'hui ? Nous sommes dimanche ! Mettez bien dans votre petite tête que nous aussi, dans la police, nous avons des jours de congé ! Et si je me trouvais là-bas, c'est que j'étais parti le vendredi après-midi pour passer le week-end chez des amis, à Vézelay. Il se trouve que nous aimons notre métier ! Nous acceptons d'être disponibles vingt-quatre heures sur vingt-quatre, trois cent soixante-cinq jours dans les années non bissextiles !... Dès qu'il a eu connaissance de l'accident, le commissaire Verdier a averti son inspecteur le plus proche du lieu, sans tenir compte qu'il était en congé... L'inspecteur a répondu immédiatement à l'appel, a relevé les premiers indices, n'a pas dormi de la nuit, a fait mille kilomètres, et il prend encore la peine de venir ce matin à domicile pour vous éviter toute peine, même légère !... Est-ce que cela vous suffit comme explication ?

La pauvre Thérèse avait l'air terrorisée. Elle claquait des dents, ses yeux étaient de grands trous noirs... Elle ouvrit la bouche et hurla :

— Sale flic !

— Ah ! non ! NON ! clama le policier. Pas de crise de nerfs !

Et clic ! clac ! Deux baffes solides !

Thérèse roula sur le divan, défoulant dans son sanglot, trépignant :

— Salaud ! Salaud !

Lentraille était blême. Il se tourna, méchant, vers Annette.

— Madame, occupez-vous de votre amie, je vous prie ! Quand on est malade, on reste couchée !

Annette se précipita, prit la petite contre elle. L'autre s'accrocha, pleurant dans son sein, brouillée, torrentielle, hoquetante.

— Sale brute ! siffla Annette.

— Permettez ! dit Lentraille, vibrant encore, mais cherchant à retrouver son calme. Je ne connais pas deux façons de traiter les crises d'hystérie. Allongez-la sur le divan et collez-lui des compresses d'eau froide !

— Sortez ! cria Annette.

Lentraille respira profondément. À contre-jour, il paraissait soudain énorme comme une bête dangereuse ; plus du tout le petit fonctionnaire endormi de la veille... Une sale gouape !

Annette n'en revenait pas ! Comment peut-on se tromper à ce point sur quelqu'un ! Et il n'avait pas l'air de vouloir s'en aller !... Au bout d'un moment, il dit plus doucement :

— Excusez-moi ! Je ne ferai pas état de cette scène pénible, et je vous conseille de l'oublier également. Mais, puisque nous en arrivons là, autant vous dire que M. Verdier envisage maintenant l'hypothèse d'une complicité, dans la disparition des billets.

Il éleva la voix.

— Madame Letellier, dites à votre amie d'arrêter ses gémissements et de bien écouter ce que je vais dire ; cela la concerne personnellement ! Pratiquement, personne ne l'a vue entre la fin de l'après-midi de vendredi et samedi matin dix heures et demie. Déclarer qu'on a passé sa soirée seule au cinéma... Il faut en administrer la preuve ! D'autre part, elle paraît connaître fort bien la région d'Avallon pour quelqu'un qui soutient n'y avoir jamais mis les pieds.

Il ramassa la photo sur la table, la remit dans sa poche avec un bref ricanement.

— À votre place, madame Letellier, je me désolidariserais de cette petite demoiselle qui vous a pris votre mari et qui n'aime pas les flics !... Bonne journée, mesdames !

Il sortit de la pièce et, quelques secondes plus tard, elles entendirent claquer la porte.

*

— Eh bien, dit Annette, t'as fait du propre !

Elle était étonnée d'être calme, dominant la situation, s'apercevant qu'on venait de faire une grosse blague en se mettant le petit Lentraille sur le dos. Mais plus épatée encore d'avoir vu l'inspecteur, si gentil la veille, se transformer en sale voyou cogneur de blonde, avec soudain la gueule ravagée du « blouson noir » qui aurait oublié sa chaîne de vélo. Le gars n'était pas simple. C'était sûr. Mais de là à monter un massacre, il y avait loin !

— Alors, t'es convaincue, maintenant ?

Elles tressaillirent toutes les deux. C'était un mot d'André, ça, douteux, à double sens, auquel il ajoutait toujours la réponse, comme entre parenthèses... « Ni l'un ni l'autre !... » Même mort, il tenait encore sa place entre elles.

La petite Thérèse blonde n'en finissait pas de se

moucher, se tamponnait le nez. Elle bredouilla enfin, toujours obstinée :

— Oh ! il raconte ça à sa façon. Comment t'expliques, toi, qu'André aurait mis six heures et demie pour faire deux cent cinquante bornes ? Il fonçait autrement que ça, sur la route ! J'ai bien vu ça dimanche dernier. On a fait Royan-La Rochelle et retour ; je te jure que ça bombait !

— Ah ! c'est vrai ! dit Annette. Parce que samedi et dimanche, il était avec toi à Royan ! Et il venait de m'écrire la veille qu'il ne pensait qu'à moi, que tu n'étais pas plus importante qu'un comprimé d'aspirine, et qu'il fallait que je réserve une chambre en Suisse pour filer le parfait amour ! Oh ! le sagouin ! Oh ! l'ignoble ! Vous avez bien dû vous foutre de moi, hein ?

— Mais je n'en savais rien ! Ça me fait encore plus de mal qu'à toi !

La petite était sincère, on voyait ça à son visage gonflé. Pauvre Théréson !

— Je crois qu'il se foutait bien de nous deux, conclut la brune, radoucie.

— Peut-être, convint la petite dans ses larmes. Ou peut-être qu'il nous aimait nous deux. Ça arrive.

— Il a dû t'en sortir des saloperies sur mon compte, hein ?

— Jamais ! Je n'aurais pas permis !

— Attends ! dit Annette. Jusqu'où il a été, cette fausse tranche ! Moi, il a dû m'écrire jeudi de l'autre semaine.

— Il m'avait téléphoné vendredi midi.

— Le dégoûtant ! La lettre était encore à la boîte !

Elle se fâcha tout rouge.

— Oh ! bon Dieu ! c'est bien fait qu'il soit crevé ! Bien fait !

— Ne dis pas ça, supplia la petite. Un homme qui a été assassiné... Faut pas dire ça !

Annette eut l'impression qu'on lui coupait les bras. Elle regarda la copine.

— Assassiné ?... T'as fini de te rendre intéressante ? Le petit guignol n'est plus là pour loucher sur tes nénés ! Ça ne te ferait rien de redevenir naturelle ? Espèce de gourde ! À moins qu'il soit de mèche avec André, comment voulais-tu qu'il tombe dessus ? Réfléchis un peu, avant de causer !

— Oh ! contra la petite. Voilà que tu prends la défense des bourriques, maintenant ? Moi, je te dis qu'il a eu trois heures pour agir. Personne ne me fera croire qu'André a mis six heures et demie pour arriver à Avallon.

— Il s'est peut-être arrêté pour dîner quelque part ?

— Tu parles ! Avec cent vingt-sept millions dans sa bagnole !

Petit coup de sonnette timide.

Les deux femmes se regardèrent. Était-ce Lentraille qui revenait ? Annette eut peur, brusquement.

— Bouge pas !

Mais c'était idiot de jouer les marmottes, il valait mieux s'informer.

Elle alla à la porte, colla son oreille. On n'entendait rien... Nouveau tintement timide. Alors, elle força la voix :

— Qui est là ?

Ce n'était pas Lentraille. Un homme peu assuré, courtois, qui avait l'air de pousser son filet sous-vitrail.

— Je ne veux pas vous déranger, madame Letellier. C'est Bignon, un collègue de votre mari.

C'était bien le père Bignon, du Crédit Commercial Parisien, petit homme près de la retraite, cheveux gris, visage jaune d'hépatique, veston à pellicules.

— Entrez, monsieur Bignon.

Il lui prit la main, condoléant.

— Ma pauvre petite madame… Ç'a dû vous faire un coup !

Il habitait au métro Goncourt, à trois ou quatre kilomètres de là. Petit vieux discret, genre de célibataire timide, fleuri, un peu précieux, qu'André appelait d'ailleurs « la vieille Bignonne ».

— Douloureuse surprise pour nous tous, madame… Un garçon si charmant…

Annette présenta vaguement Thérèse.

— Une amie.

Le petit bonhomme s'inclina.

— C'est un malheur, madame ! Un coup de folie, il n'y a pas d'autre mot. Ce devrait être considéré comme maladie professionnelle, voyez-vous… Le mineur craint le grisou. Nous, dans les banques, si près du Numéraire, nous devons craindre d'être « grisés », si j'ose me permettre cet à-peu-près.

Plein désordre, poussières, miettes, bols sur la table… Pourquoi était-il monté ? Après tout, c'était humain. Aux premières loges d'une histoire comme il n'en retrouverait jamais, il était bien normal qu'il cherche à en extirper tout le jus, comme d'un unique citron en plein désert.

— J'ai sans doute été la dernière personne à lui toucher la main. Il avait l'air si pressé avec ses grosses valises. Il m'a souri, il a mis son doigt sur sa bouche... « Bignon, pas un mot à la reine mère, je fous le camp avant l'heure. Je prends 18 h 35 à Montparnasse !... » Et je lui ai tenu la porte, madame, pour qu'il sorte par le couloir ! En somme, je suis complice !

Petit rire futé. Il avait déjà dû faire trois ou quatre dépositions ; le numéro était parfaitement au point.

— ... Je reviens à ma place. Je venais de mettre le bordereau-coupons sous enveloppe. Je fais chauffer ma cire... Il ne se passe pas trente secondes et voilà la petite Vauthier qui hurle en ouvrant la cage du directeur... Ah ! Je reverrai ça toute ma vie ! Jeanrenaud avait les yeux retournés, on lui voyait le blanc. Il a fallu un quart d'heure pour le ranimer. Le directeur était tout tordu, il se tenait la nuque, il ne voyait rien... Et d'abord, comme ils se détestent, on a cru qu'ils venaient de se battre. Puis on a vu que les sacs n'étaient plus là !... Aussitôt, bouton rouge ! Tous bloqués ! Driing !... Toute ma vie, je me souviendrai ! On nous fait parfois des exercices d'alerte, le matin avant l'ouverture, mais ça n'a aucun rapport ! Effrayant !... Le Numéraire, madame ! Le Numéraire dont nous sommes les serviteurs avait disparu !

Petit rire amer d'homme se sachant supérieur à sa condition.

— M. Devachier et Jeanrenaud auraient pu s'étriper au couteau : simple fait divers ! Mais le Numéraire qui disparaît, c'est la mobilisation générale ! Tous suspects ! Tous prisonniers ! Enquête sur place, jusqu'à vingt-trois heures trente ! Interdiction de téléphoner chez soi ! Interrogatoire par la police privée du C.C.P. et par les inspecteurs de la P.J... Emprisonnés cinq heures et demie sans rien boire, sans rien manger ! Alors qu'au bout de trois minutes, nous savions tous que c'était Letellier qui était parti en emportant la caisse !

— Ça n'a pas dû être drôle pour vous, compatit machinalement Annette.

— Oh, si ! dit naïvement Bignon. Ça n'arrive pas souvent, dans une existence... On passait de l'un à l'autre. J'ai vu le moment où j'allais être considéré comme complice parce que j'avais tenu la porte à votre mari. Et finalement, voyez-vous, c'est moi qui ai donné la piste à la police.

— Ah ! oui ? fit Annette.

— Personne d'autre ne savait qu'il avait une voiture. Il nous disait qu'il prenait le train. Mais le vendredi d'avant, je l'avais vu monter dans une voiture grise.

Il se redressa. Et, tout d'un coup, Annette comprit que ce petit père Bignon détestait André, qui sans doute avait dû le malmener bien des fois et l'appeler « vieille Bignonne » sans autre ménagement... Bignon venait tout simplement savourer son triomphe.

Il se fit sibyllin... :

— Canossa, moins vingt francs légers !... Vous ne voyez pas ce que je veux dire ?

— Ma foi…

— C'est le numéro de la voiture. Simple méthode mnémotechnique. J'ai des trucs aussi pour retenir les numéros de comptes des clients… Vous vous souvenez du numéro de la Panhard, madame ?

— Non, dit Annette.

— Canossa, répéta-t-il. L'empereur du Saint Empire germanique s'humilie devant le pape, en l'an 1077. Moins vingt… Cela nous donne 1057. Francs légers : FL… 1057 FL 75 ! C'est bien ça ?

— Je ne sais plus, dit Annette.

— C'est exact ! dit Thérèse, subitement intéressée. À quelle heure avez-vous donné le renseignement à la police ?

Bignon la regarda plus attentivement, constipé comme un ordonnateur des pompes.

— Presque immédiatement. Les inspecteurs de la P.J. sont arrivés vers six heures et quart. Ils nous ont dit de nous remettre à nos places et nous ont interrogés, chacun en particulier. Il devait être six heures vingt quand j'ai donné le renseignement.

— Au commissaire Verdier ?

— Non. Verdier est arrivé plus tard ; à la demie. Non, j'ai donné le renseignement à un petit jeune que je n'ai pas revu de la soirée.

— Attendez ! dit Thérèse, tendue. Un grand costaud avec des sourcils blonds ?

— Non, celui-là, c'est l'inspecteur Rouland ; il est resté jusqu'au bout. À lui aussi, je lui ai donné le numéro, mais beaucoup plus tard, vers neuf heures.

— Et comment était le premier ?

Bignon réfléchit.

— Très moyen. Plutôt brun, avec une petite moustache. Il n'avait pas l'air content.

Les deux femmes se regardèrent. Même pensée. Malgré elle, Annette demanda :

— Vous n'avez pas entendu prononcer son nom ?

— Ma foi, dit Bignon, il me semble que l'inspecteur Rouland l'a appelé Lucien à un certain moment. Mais il n'est pas resté plus de dix minutes. Sitôt que le commissaire est arrivé, je ne l'ai plus revu.

Surpris par l'attitude des deux femmes, il demanda :

— Vous le connaissez ?

Comme dans la chanson : un grand silence, seul, lui répondit.

— Pauvre Letellier ! dit Bignon, faussement contrit. Il était parfois caustique, mais qui aurait pu supposer... ?

Annette ne l'avait pas prié de s'asseoir. Il devint d'un coup presque rose, sale petit bonhomme mesquin qui savourait profondément sa vengeance.

— C'est tout de même grâce à moi que... ! Ah ! pauvre Letellier ! Finir comme ça !... Après tout, chère madame, il a peut-être eu tort de prendre les gens pour des imbéciles !... Mais je ne veux pas abuser de votre temps en pareille circonstance... Madame ! Mademoiselle !...

## III

Il tomba en arrêt devant le bocal d'alcool où gisait une énorme vipère à teinte délavée. C'était insolite comme une image païenne au milieu de la ferveur des pèlerins.

À une centaine de mètres, en haut de la rue pavée, la basilique était ouverte et les haut-parleurs éructaient des cantiques. Partout des arceaux, des fleurs piquées en massifs, comme pour la Fête-Dieu.

Les pèlerins montaient par groupes compacts ; le genre Enfants de Marie et petits séminaristes en vadrouille, clairsemés de touristes en cuisses, avec l'appareil photo sur le ventre.

Il s'adossa à la vitrine de la pharmacie pour laisser passer la foule. Il était grand, le visage creux, avec un collier de barbe drue, très courte. Il avait une chemise de cow-boy à carreaux rouges et bleus, manches retroussées sur des bras poilus. Il portait à l'épaule un lourd sac de cuir très usagé. Il côtoyait la trentaine, à mi-chemin entre le campeur pas lavé, l'artiste peintre, le clochard et l'évadé de centrale.

Là-haut, devant le portail de la basilique, un groupe de jeunes filles chantait un hymne à sainte Marie-Madeleine, que les Enfants de Marie en bleu pâle reprenaient en se tenant la main.

Effet de masse, haut lieu de la chrétienté, c'était la « Madeleine », à Vézelay.

Il redescendit lentement sous les arceaux, à contre-courant. Les fenêtres étaient soulignées de guirlandes, et de tous les mâts pleuvaient des Vierge Marie, des Madeleine, des saints Bernard et des saints Louis.

Là-haut, le chœur des pucelles avait cessé, et on entendait les grandes orgues répercutées par le circuit électrique, enchevêtrant leurs échos comme dans un Monoprix de plein air.

Oui, la « Madeleine », la grande foire dont c'était le second jour, puisque la Sainte-Madeleine s'était trouvée un samedi !

Plusieurs centaines de cars, des pèlerins par dizaines de milliers : des clients.

Mais à cette heure-ci la clientèle allait prendre sa ration de grand-messe et laissait un temps mort.

Parfois un groupe attardé montait au pas de charge, bannière au vent, genre d'orphelinat en uniforme encadré de bonnes sœurs adjudants, ou bien un orphéon à pantalon blanc et ceinture verte, tard débarqué d'un car en panne et qui fonçait vers les festivités.

Au-delà de la porte de Barle et sur le champ de foire, la masse multicolore des cars enchevêtrés donnait une impression d'embouteillage monstre. Et puis c'était la foire proprement dite, la « Madeleine » des forains, ou du moins ce qu'il en restait, bas-lieu de boustifaille, avec des manèges, des baraques de jambons, des dentellières et des marchands de frites, des souvenirs en plastique, des bonnes bouteilles et des photographes.

Avec sa barbe en collier, son regard de crevé et sa chemise de cow-boy à carreaux, il s'approcha d'une camionnette beige repeinte par l'habitant. Il y avait un panneau amovible sous les fenêtres de forain aux rideaux rouges tirés : CLOVIS — PHOTOS.

Il mit en place l'escabeau court, tourna la petite clé plate dans la serrure et entra chez lui.

## IV

Sombre dimanche !

Elles étaient d'abord montées chez Thérèse, avenue Gambetta. Petite piaule de demoiselle, avec philodendrons et meubles suédois.

Thérèse, qui était secrétaire de direction dans une entreprise de pétrole, gagnait gentiment sa vie pour une fille seule. Elle avait sa petite Fiat 500, son téléphone, ses vacances d'été et d'hiver.

Elle avait fait du patin et de la danse acrobatique. Un agrandissement la montrait en collant satiné, en train d'exécuter un impeccable « parapluie ». Et, comme la plupart des musculaires, elle avait une personnalité confortable, à doublure ; à la fois généreuse et près de ses sous, réaliste et sentimentale. Une bonne fille.

— On ne s'en sortira pas, nous deux, dit Annette. Moi aussi, je flaire le sale truc. Mais qu'est-ce que tu veux qu'on fasse contre la police ? En parler au commissaire Verdier ? Il nous enverra sur les roses. Peut-être qu'il est complice, après tout. Tous ces gens-là ne gagnent pas des mille et des cents ; quand ils ont un coup tout cuit comme celui-là, tu penses qu'ils doivent en profiter !

La sainte horreur du Flic ! Peut-être du fait d'habiter le haut de Ménilmontant, ancien réduit des Communards ? Rien de tel pour déverrouiller les idées.

Et l'idée vint brusquement à Annette :

— Et si on mettait Castagner dans le coup ?

— Qui c'est, Castagner ?

Annette rougit. Le procédé n'était pas noble, mais justifié.

— Je vous faisais filer… Qu'est-ce que tu veux, c'est maman qui insistait ; c'est même elle qui payait. Si je voulais divorcer à mon profit, fallait bien qu'on vous prenne en flagrant délit.

Émoi indigné de la petite.

— Tu me faisais ça, à moi ?

— Oh ! dis, hé ! voleuse d'homme !

Thérèse n'insista pas.

— C'est un détective privé ?

— Ça doit s'appeler comme ça. Remarque bien que, jusqu'à présent, il ne s'est pas foulé. Je ne savais même pas qu'André était allé te rejoindre à Royan.

— Je n'ai pas très confiance.

— Ma vieille, on n'a pas le choix. Moi, je n'avais pas un radis, mais je crois que ça coûte cher à maman, alors autant en profiter. Il n'a pas encore bougé et il ne remboursera jamais l'avance qu'on lui a faite. Cinquante sacs pour les premiers frais, comme il disait ! Autant que ça serve à quelque chose.

Castagner avait le téléphone, mais on était dimanche. D'autre part, profession libérale, il avait son bureau dans son appartement. On ne risquait rien d'essayer.

Annette composa le numéro du « détective »... Il était là !

*

Il n'était pas onze heures à la tour de la gare de Lyon lorsqu'elles arrivèrent chez Castagner.

Vieil immeuble bourgeois du boulevard Diderot, avec ascenseur en perpétuel arrêt « momentané ».

Petite déception. Sur la plaque, J. Castagner ne s'appelait pas détective privé, mais contentieux ; sans doute pour contenter la clientèle ?

Castagner vint ouvrir lui-même. Genre Français moyen, chef de bureau à dix ans de la retraite, avec le visage un peu gras, les poches sous les yeux, le cheveu rare et la moustache en brosse. Rien de Superman !

Une odeur de désinfectant prenait à la gorge malgré toutes les fenêtres grandes ouvertes ; à croire qu'il était en train de faire disparaître le cadavre du dernier client !

Il reconnut tout de suite Annette, demanda poliment des nouvelles de « madame votre mère ». Mais sans doute n'avait-il pas fait les filoches lui-même, car il n'eut aucune réaction devant Thérèse.

Bureau Empire, cheminée à bronze de Barbedienne, moquette verte et classeurs façon acajou, ça faisait cossu. Il pria ces dames de s'asseoir.

Les deux copines étaient péniblement impressionnées. Le bonhomme était routinier, au courant de rien, cherchant simplement ses rapports et ses factures.

— Ça n'a pas été facile ! J'ai confié notre affaire à mon meilleur agent et…

Il avait pris un dossier, et c'est en voyant la photo qu'il s'arrêta court. Il leva les yeux sur Thérèse, eut un petit soupir, prit un air finaud.

— Eh bien, on dirait que ça s'arrange autrement ?… Je dois vous dire que, dans ce métier, j'ai pris l'habitude de ne m'étonner de rien.

Il sourit à la petite blonde et mentit effrontément.

— Je vous avais reconnue du premier coup d'œil !

— Je n'en doute pas, dit suavement Thérèse.

Il prit ça comme compliment.

— Oh !… Ancien inspecteur de la Sûreté nationale. Pas de meilleure formation !

Et brusquement, il rougit comme si un déclic se produisait dans son cerveau.

— Oh, bon Dieu !

Il disparut par une petite porte à moulures dorées qui donnait au salon.

Les deux filles se regardèrent, firent la moue… Contentieux ou pas, le père Castagner vendait de la lavasse ! Mais il revint presque aussitôt en coup de vent, jeta un journal sur le bureau. Il avait changé de visage, presque bouleversé, ne cherchant plus à fourguer ses salades.

— Je vous prie de m'excuser, madame Letellier. Je viens de faire le rapprochement à l'instant… j'en prends trop, c'est sûr, j'en prends trop !... Chère madame, c'est un grand malheur qui vous arrive. Je comprends que l'autre petite histoire soit devenue très secondaire. C'est un de mes agents qui s'est occupé de ça. Pour tout dire, c'est mon fils.

Il paraissait ému, comme si l'honneur de la maison était en question. Coup d'œil dans le dossier.

— Je suppose que cela n'offre plus d'intérêt pour vous ?

Il y avait aussi la note de frais. Il la détailla, comme à regret...

— Il m'est pénible de...

Il n'acheva pas, eut le geste, déchirant la note.

— N'en parlons plus ! Profits et pertes !

Il feuilleta les cinq pages de rapport dactylographiées, les remit au dossier.

— Un rapport d'enquête est obligatoirement rédigé en termes spécialisés et mesquins. Puisque vous avez renoué avec Mlle Gerbaut, vous devez avoir les renseignements de première main, et sur un plan plus chaleureux.

Vrai méridional, il s'écoutait parler. Il prit la photo, hésita un moment, puis la passa à Annette.

— Tenez ! C'est un document qui vous prouvera la réalité de notre travail, et qui a le mérite de n'ajouter aucune interprétation. Je pense que Mlle Gerbaut ne nie pas avoir été à La Rochelle ?

— Nous en sommes beaucoup plus loin ! dit la petite.

Elle regarda à son tour la photo qui la représentait au bras d'André, avec le port de La Rochelle en arrière-plan. Sur le vif, agrandi au format carte postale. André était en bras de chemise et sa montre-bracelet jetait un reflet. Tout raide, il paraissait beaucoup plus grand que Thérèse un peu pelotonnée contre lui et qui semblait n'avoir pas vu l'opérateur ; bouche entrouverte, elle continuait à parler à son amant.

— C'est votre fils qui… ?

— Vous pouvez la conserver, dit Castagner sans répondre à la question. Tout cela est du passé.

Puis, changeant de ton, presque paternel :

— Mais que s'est-il passé, madame ? J'ai lu dans le journal… C'est le geste d'un déséquilibré !

— C'est pour ça que nous sommes venues. Est-ce qu'on pourrait vous charger d'une petite enquête ?

Castagner se trémoussa.

— Mon Dieu, madame, je ne sais pas très bien ce qui s'est passé, mais c'est du ressort de la police criminelle.

— Je ne sais pas si André était déséquilibré, fit la petite. Mais, équilibré ou non, il n'y avait aucune raison de l'assassiner !

— Assassiner ?

Pas à la longueur d'onde, Castagner jeta un coup d'œil sur le journal, puis regarda les jeunes femmes.

— Je suppose que vous êtes en ce moment en rapport avec les policiers de la brigade criminelle, qui représentent un service gratuit. Il m'est arrivé de pratiquer des enquêtes parallèles, mais… vous me comprenez, je n'assure pas un service gratuit. Et, très sincèrement, je ne vois pas ce que je pourrais vous amener de plus. J'essaie de vous parler en honnête homme. Qui s'occupe de votre affaire ?

— Le commissaire Verdier.

— Très bien !

Il plissa le front, réfléchit un moment, relut quelques détails en troisième page.

— La position de Letellier est très nette : vol caractérisé. Et, je veux vous mettre à l'aise, vous voulez peut-être me dire qu'une accusation de complicité pourrait peser sur vous ? Et que vous aimeriez trouver conseil pour… heu… l'attitude à adopter ? Voyez-vous, il faudrait plutôt contacter un avocat.

— Non, dit Thérèse. On sait qu'on n'est pas complices, ni l'une ni l'autre. Mais ce qu'on veut savoir, c'est comment André est mort.

Le bonhomme pianotait sur son bureau, finaud, cherchant les approches sans s'engager.

— Voyons, je crois comprendre qu'il s'agit d'un accident ? Non ?

— Pas possible, dit Thérèse. André ne se serait pas tué aussi bêtement. D'autre part, il y avait cent vingt-sept millions dans les valises. Il y en a une centaine qui se sont envolés.

— En fumée, je sais.

— Pas en fumée ! J'étais quai des Orfèvres quand le type du laboratoire est venu faire son rapport. Il n'y avait pas plus de vingt millions de brûlés. Quelqu'un a tué André. Il a camouflé le crime en accident et il a mis le feu à la voiture. Mais avant de mettre le feu, il avait embarqué les billets ! Voilà ! Ce que je vous dis là, c'est secret. C'était pas dit pour moi. Mais je l'ai entendu, je vous le jure !

Castagner s'était levé, papillotant un peu, comme ébloui.

— Qu'est-ce que vous me racontez là ? Cent millions ?... Attendez donc. Vous supposez que Letellier avait un complice qui l'aurait exécuté, sans doute au moment du partage ? Et vous me demandez d'essayer de retrouver ce complice ?

— Pas un complice ! dit la petite en crispant ses mollets ronds. Celui qui a fait ce coup-là, on le connaît. C'est un inspecteur de la brigade à Verdier.

— Quoi ?

— Il a eu trois heures pour faire son coup, dit la petite avec émotion. Il a pris la route une demi-heure ou trois quarts d'heure après André. La même route ! C'est ça, le coup de hasard. Mais il connaissait déjà le numéro de la voiture. Alors peut-être qu'André s'est arrêté un moment au bord de la route et que l'autre l'a identifié en passant. Je ne sais pas... Mais lui, il savait qu'il y avait plus de cent millions dans les valises. Alors il l'a arrêté, il l'a tué, et il a camouflé ça en accident !

— Mais c'est monstrueux ! clama Castagner.

— Je ne vous le fais pas dire.

— Voyons, mademoiselle, c'est votre imagination qui est monstrueuse. Comment pouvez-vous supposer ? C'est démentiel ! On n'accuse pas quelqu'un sur des hypothèses aussi vagues. Puis-je vous rappeler qu'un vendredi soir il y a bien dix ou quinze mille personnes qui utilisent la nationale 6, vers ces heures-là ?

— Mais il n'y en avait qu'un seul qui avait le numéro de la voiture d'André. Et ça, il n'a pas osé nous l'avouer. Le reste, qu'il était à Vézelay, qu'il était le premier sur les lieux de l'accident, il a bien été obligé de nous le dire. Mais qu'il avait le numéro de la voiture, je crois qu'il ne l'a même pas dit au commissaire Verdier.

— Pardon, fit Castagner, mais est-ce que par hasard vous auriez fait part de vos soupçons à cet inspecteur ?

— Je ne me suis pas gênée ! dit la petite.

Stupéfaction du « contentieux ».

— Nom d'un pétard ! Et qu'est-ce qu'il vous a répondu ?

— Il m'a balancé une paire de baffes et il m'a dit de la boucler !

— C'est vrai, dit la veuve. On a peur de lui, monsieur. Il faut nous protéger, s'il vous plaît. On ne peut pas aller se plaindre à la police, ils doivent tous se tenir.

Époustouflé, Castagner restait debout, bras ballants.

— Bon Dieu de bois ! Vous connaissez le nom de cet inspecteur ?

— Lucien Lentraille.

Il paraissait furieux, balayant de la main.

— En aucun cas ! En aucun cas ! *En aucun cas !* répéta-t-il en montant chaque fois la voix. Même si votre histoire est vraie, ce dont je doute fort, je ne veux pas être mêlé à ça ! Vous vous êtes trompées de porte, mes petites dames ! Je n'ai rien entendu, et je ne veux rien savoir ! Si vous croyez avoir des preuves de la monstruosité que vous avancez, je vous conseille d'aller trouver le procureur. Mais moi, hein, non, non et non ! Catégorique !

Il arpentait sa moquette, mains dans le dos.

— Imagination de petites filles ! Mais bon Dieu, vous me voyez là-dedans, moi ? Filer un inspecteur de la criminelle ?... Merci du cadeau, mes petites !

— Mais, dit Annette, il a tué mon mari ! Et s'il nous tue, alors ? Ça ne vous fait rien ? Ils ont donc le droit de tout faire, ces bourriques-là ?

Castagner se redressa, offensé.

— Je ne sais pas si je ne dois pas aviser immédiatement le commissaire Verdier. Après tout, c'est le supérieur du policier que vous accusez... Mais si l'on apprend que vous avez déjà ébruité cette sottise, ça devient de la diffamation et ça peut vous mener loin, mes petites ! Je vous conseille de prendre un tranquillisant et d'oublier ça !

Il fit claquer ses talons, à l'allemande... Ce salaud avait peut-être travaillé avec la Gestapo ?

— Mesdames, je suis au regret !

La petite ne comprenait pas encore, elle se massait le ventre, hébétée.

— Monsieur, vous n'allez pas nous laisser toutes seules ?

Annette se leva, plus digne, lui prenant la main.

— Viens, Théréson ! Y a encore des gens courageux ; ça fait plaisir !

— Des gens simplement sensés, fit Castagner en s'inclinant.

Et il les reconduisit jusqu'à la cage de l'ascenseur qui ne fonctionnait toujours pas.

*

Elles venaient à peine de tourner l'angle de la rue de Chasles où était garée la voiture, quand elles entendirent courir derrière elles. Elles se retournèrent… Le jeune gars leur arriva droit dessus, s'arrêta pile, à peine essoufflé.

— Moi, je prends !

— Quoi ?

Il joignit les talons pour se présenter. (C'était la mode dans la famille !)

— Castagner Jean-Pierre. Papa fait le généreux avec mon fric, mais, moi, ça ne va pas comme ça !

Il n'avait pas dix-huit ans ; un gamin. Chemisette dans les bleu nuit, avec cravate du même métal ; manifestement, il n'avait pas pris le temps d'enfiler un veston.

— Alors c'est vous le fils ? demanda Thérèse.

Vague impression de l'avoir déjà vu, comme un visage de « figuration intelligente » qu'on a entraperçu dans un film, on ne sait plus lequel.

— C'est moi. La filiation à la filature, si vous voyez ce que je veux dire.

Il émit une caricature de rire fin, gloussement de vrai potache pour démontrer qu'il était très supérieur aux mots d'esprit qu'il manifestait… Peut-être pas même dix-sept ans ?

Il avait des yeux de fille, frangés trop longs, à la fois vaseux et cruels. Un visage en peau de pêche, aspect courtaud de petit trapu sanguin aux avant-bras solides, comme on en voit des masses à la sortie des collèges techniques et dans les vestiaires des équipes juniors… Peut-être pas seize ans, après tout ? Sans doute à cause de la peau de pêche…

— Qu'est-ce que vous vendez ? demanda froidement Annette.

Il planta son regard comme un défi, soudain sale petit mec costaud, sûr de lui et méprisant.

— On ne peut pas discuter de ça sur un carré de bitume. Mais j'ai entendu ce que vous avez dit là-haut. Ça m'intéresse.

— C'est votre père qui vous envoie ?

Il repoussa de la main.

— Oh ! non, merci, j'ai compris !... Directement du fournisseur au consommateur ! Vous pouvez mettre dans les combien ?

— Eh bien, ça, c'est direct ! remarqua Thérèse dans un sourire.

Il la regarda, mais sans rendre le sourire.

— C'est papa qui fait du Droit. Moi, je fais du droit au but ! La vie est courte !

Inquiétant, et même franchement désagréable. Envie de le calotter. Mais à la réflexion, le petit gars était bien capable de les empoigner chacune par la nuque et leur cogner le crâne l'une contre l'autre !

— Je n'ai pas traité avec vous, dit Annette, prête à rompre.

Mais Thérèse regardait attentivement le Castagner Junior... Fouillant dans ses brumes, elle constata :

— C'est pas vous qui avez pris la photo, à La Rochelle.

Il haussa les épaules, comme devant une demeurée.

— Bien sûr que non !

— C'était un grand avec un collier de barbe et une chemise écossaise, se souvint encore la petite. C'est un copain à vous ?

— Vous occupez pas de ma cuisine, dit-il en essayant cette fois de sourire. Je fais le boulot comme je sais le faire. C'est le résultat qui compte, pas vrai ? Papa peut pas se permettre de filer un flic, forcément. Moi, ça ne me gêne pas.

Il mit sa main sur le bras de Thérèse, comme une prise de possession. Il se mit à parler très vite, le front plissé.

— Écoutez, j'ai pas le temps. Faudrait pas que mon père se doute que je vous ai filé le train. Pour la question des arrangements, il y a différentes combinaisons, on verra ça plus tard. Mais si votre affaire est telle que vous l'avez racontée à papa, ça me fait bander et je marche à fond. Bougez pas de chez vous en début d'après-m' ; je vous passe un coup de fil.

Le front ainsi plissé, soucieux, il paraissait plus vieux. Le thermomètre de l'âge possible remontait en flèche. Dix-huit ? Vingt ? Davantage ?...

Annette eut brusquement comme une nausée d'horreur. L'idée venait de la traverser en décharge électrique... Pauvre idiote, de n'y avoir pas songé plus tôt !

Elle se força à articuler poliment :

— Merci, nous n'avons pas besoin de vos services.

Alors il la dévisagea, méchant :

— Oh ! vous ! Votre mari, c'était déjà foutu !... C'est à Mademoiselle que je parle. Parce que si le flic doit contrer quelqu'un, ce sera plutôt elle !

Elle lut encore comme un défi dans le regard cruel, sous les longs cils soyeux. Elle baissa les yeux, terrorisée, fit un pas vers la petite Fiat qui se trouvait à quelques mètres.

— Viens, Thérèse.

Elle entendit derrière elle le gars qui l'appelait :

— Hep !... Vous avez dit à la police que vous faisiez filer votre mari ?

— Non.

— Eh bien, continuez comme ça, ça vaudra mieux.

Elle avait les jambes en beurre fondant. Elle dut s'appuyer au toit de la voiturette. Thérèse passa sur la chaussée, s'installa au volant, lui ouvrit la portière... Et comme elle s'asseyait, blanche et tremblante, la petite s'inquiéta :

— Ça va pas ?

— T'as pas compris ? murmura la veuve.

— Compris quoi ?

— C'est lui ! C'est lui !... Faut-il que je sois bête ! Il avait suivi André le vendredi d'avant, pour aller à Royan. Il l'a encore filé vendredi quand il est sorti de l'agence... Tu vois la suite ?

Thérèse mit le contact et démarra, secouant la tête et énonçant calmement :

— T'es dingue !

*

Déjeuner au sixième étage, sur la table suédoise. La petite musclée avait retrouvé l'appétit, elle engloutit à elle seule les trois quarts du rumsteck. Satisfaction de gente demoiselle qui vient de trouver son chevalier servant.

Annette, au contraire, avait maintenant la gorge serrée, doucement furieuse contre la copine qui ne comprenait rien à rien.

— T'as tout de même bien entendu qu'il me menaçait ?

— Tu dérailles !

— Quoi, je ne l'ai pas inventé. Il m'a ordonné de ne pas parler de lui à la police !

— Mais, pauvre gourde, comment veux-tu qu'il se pointe derrière ton sale petit flicard assassin, si tu files son signalement à la police ? Réfléchis, voyons !

— C'est lui qui a fait le coup, persista Annette. Je le sens là. J'ai l'estomac qui fait des boucles.

— Mange ! dit la petite. Tu me fais pitié.

La fenêtre donnait sur le réservoir du Surmelin. Par certaines nuits c'était intenable, avec le bruit sourd et insidieux des pompes qui refoulaient l'eau potable sur les réservoirs du Télégraphe ; mais la plupart du temps, c'était la vraie campagne, avec plan d'eau, pentes gazonnées et gazouillis des petits piafs.

Annette en était révulsée. Penser qu'André était venu là, pour coucher dans le lit suédois de sa meilleure amie ! En pyjama au balcon, main aux fesses, à regarder tous les deux la lune qui se mirait dans le plan d'eau, tandis que la légitime se morfondait à cinq cents mètres de là, au domicile conjugal !

— T'es tout de même une sacrée salope, avoue !

— Nanie, tu me fais de la peine.

— Oh ! je t'en prie, fais pas ta sucrée ! Après

tout, je suis bien bonne… Je m'en fous, moi, d'André ! Autant qu'il devait se foutre de moi ! Vous avez bien dû rigoler de la bonne poire, pas vrai ?

— Ne te fais pas de mal, Nanie. Tiens, un peu d'ananas au sirop, ça coule tout seul.

Annette lança sa serviette sur la table.

— Ah ! tu avais bien besoin de venir me relancer, toi ! Ce matin j'étais toute neuve, je me sentais bien… Il a fallu que tu te ramènes avec tes histoires, qu'on a tué André, que c'est l'un, et puis que c'est l'autre…

— Mais, Nanie, c'est toi qui dis que c'est l'autre ! Moi, je dis toujours que c'est l'un !

— Eh bien, je m'en fous, dit la veuve. L'un ou l'autre, je m'en fous ! Il est crevé, tant mieux ! C'est un menteur et un salaud ! Il me dit de retenir une chambre en Suisse, et pendant ce temps-là il fout le camp avec toi ! Ah ! non ! Impardonnable ! Et toi avec !

— Allons, Nanie, tout ça n'existe plus devant le malheur.

— Quand je pense… Castagner n'a même pas voulu me passer le rapport, tellement vous avez dû faire des trucs dégueulasses à La Rochelle !

— Oh ! fit la petite, choquée. T'as pas le droit de dire ça, Nanie ! Bon, d'accord, j'ai couché avec André mais pas à La Rochelle !… Ne me parle pas de ce bled-là, c'est pas un bon souvenir pour moi. On s'est fâchés. Au retour sur Royan, on ne s'est pas dit un mot.

— Non ? Il boudait ? Sans blague !… Avec moi, c'était pas du tout le genre. Moi, il m'écrasait de son mépris. Il me vomissait : « Pauv' conne ! » Ça lui sortait comme s'il dégueulait ! Le sale goujat !

— Tiens ! fit la petite, intéressée. Eh bien, c'est exactement ce que je lui ai dit au port de La Pallice : « Sale goujat ! »

Les malheurs de la copine faisaient plaisir. Annette consentit à piquer un ananas, d'un bout de cuiller dégoûtée.

— Qu'est-ce qui s'est passé ?

— Il m'a laissée choir, fit la petite avec une rancune près des larmes. Il m'a mise dans un bateau, et je ne l'ai plus revu de l'après-midi.

— Dans un bateau ?

— Oui, le bateau qui va à l'île de Ré. Juste un copain à voir à La Pallice, qu'il disait... Il ne voulait pas m'imposer la corvée, il prenait le prochain bateau, dans une demi-heure. Tu parles ! Ah ! je la connais, la buvette du débarcadère ! J'ai attendu trois heures ! J'ai vu arriver six bateaux !... L'île de Ré, je sais pas ce que c'est. Mais la buvette, je la connais à fond ! Les bonshommes s'imaginaient que je venais faire la retape ; c'était gai !

— Un copain à La Pallice ? Quel copain ?

— Eh bien, tu le lui demanderas ! fit la petite dans son élan.

Elle tressaillit aussitôt, tomba dans les larmes, en bonne petite sentimentale digestive.

— Pauvre André... Faut pas qu'on en dise du mal, hein, Nanie. Ce serait trop moche. On n'est plus que nous deux, maintenant.

Mais Annette exultait.

— Il t'a laissée mariner ? Ça, c'est lui tout craché ! Ah ! là, là ! Une fois, avec le môme, il m'a fait poireauter tout un après-midi, aussi pour une histoire de copain. C'était du côté de Moret. Il nous a envoyés voir les joutes sur l'eau, et les joutes étaient finies depuis longtemps qu'il n'était toujours pas là !

— Tiens, ça y est ! Je sais où je l'ai vu, le petit Castagner, s'éclaira d'un coup la copine. C'est au bistrot du débarcadère. Il avait un blouson de cuir et des cheveux longs. C'est certain, j'ai dû le croiser plusieurs fois.

Dring ! Dring !... Téléphone au dessert, c'était lui !

— Allô, oui c'est moi... Elle est là aussi, oui...

Thérèse passa l'écouteur à Annette.

— Alors, vous avez réfléchi ? demandait le gars.

Annette fit de grands signes négatifs.

— Justement, fit Thérèse, mon amie n'est pas d'accord. Faudrait la rassurer.

— Ah ! dit le gars. C'est la rassurance obligatoire ?

— Quoi ?

— Rien ! C'est histoire de dire. Qu'est-ce qui lui fait peur, à votre copine ?

— C'est difficile à dire au téléphone.

— Oh ! non, fit le Jean-Pierre dont la voix semblait encore muer par moments. Elle est bien, comme fille, mais c'est pas mon genre.

— Vraiment ? Elle ne s'en remettra pas.

— Mon genre, ce serait plutôt quelqu'un comme vous. Je vous connais beaucoup mieux que vous croyez.

— Non mais, dites donc !

— Sans charre !... Rassurez-vous, jamais de gringue dans le boulot. On se voit où ?

— Y a rien de fait, mon petit monsieur !

— Entendu, j'arrive !

*

Cette fois, il avait un veston ; un tweed clair comme on n'en trouvait plus que dans les monoprix de banlieue.

Et il représentait assez bien, ce petit Castagner, ce qu'avait dû être son père, trente ans auparavant, fonctionnaire des fins fonds muté sur Paris. Aussi jeune con et aussi démodé qu'un petit reporter de la grande presse... Mi-Tintin et mi-« Y a papa ».

Au demeurant, ni puant ni affreux quoi qu'en puisse penser Annette. Il mit tout de suite les filles à l'aise.

— Je fais ça pendant mes vacances, pour me faire de l'argent de poche, mais c'est pas mon vrai boulot. Dans l'année, je suis étudiant.

— En Droit ?

— Papa dit qu'il n'y a aucun avenir. Non, j'étudie l'optique.

Sourire en coin.

— Je vais m'installer en Auvergne, à l'enseigne du Petit Chien.

Et comme les filles ne réagissaient pas à l'astuce vaseuse, il précisa, un peu ennuyé :

— « Au Petit Chien », c'est comme ça qu'on dit opticien, du côté de Saint-Flour.

Gloussement triste devant le « bide » incontestable. Il enchaîna :

— N'empêche que ça me sert dans les enquêtes.

— Comme voyeur ? demanda Annette, pointue.

— Pour les documents, précisa-t-il sans relever la malveillance.

Thérèse se souvint de la photo qui la représentait au bras d'André, devant le port de La Rochelle.

— Je croyais que vous l'aviez piquée à un photographe ambulant.

— Dans ce cas-là, dit-il. Mais j'ai eu tort. D'ordinaire, j'opère moi-même.

Il se mit une cigarette au bec, sortit un briquet... Clic !

— Ça y est ! fit-il.

— Ça va ! dit Thérèse en fixant le briquet. On a vu le petit oiseau. C'est pas neuf, votre truc.

Un peu dépité, il posa le briquet sur la table. C'était un appareil photo miniature dont on voyait le petit objectif, pas plus gros qu'un œil de rouge-gorge.

— Il va nous sortir toute sa panoplie ! l'asticota Thérèse. La loupe, le chapeau à rétroviseur et le journal percé. Écoutez, mon vieux, faudrait pas nous la faire à l'estomac. Annoncez la couleur !

— Eh bien, fit-il plus mal à l'aise... À votre place, je prendrais le forfait. Disons mille francs pour vous êtes agréable.

— Tiens ! Payables d'avance ?

— C'est une tradition dans la profession, dit-il avec la voix de son père.

— Mon œil ! fit la petite en se levant.

Sentimentale, oui. Mais dès qu'on la mettait sur le terrain oseille, elle avait de la ressource.

— Qu'est-ce que vous offrez comme garantie, mon petit monsieur ?

— Appelez-moi Jean-Pierre.

— Néant, mon petit Jean-Pierre ! Vous encaissez les cent mille balles et bonsoir ! Il ne me restera pas de quoi brûler un cierge à sainte Gourde !

— Y a d'autres combines, dit-il. J'ai d'ailleurs pas dit que je marchais. Je suis venu seulement pour me renseigner.

Annette était très pâle. Le petit gars lui faisait maintenant moins peur. Elle avait la question aux bords des lèvres, elle la lâcha presque sans y penser.

— Qu'est-ce que vous faisiez, vendredi dernier à six heures ?

— Tiens ! fit le gars en la regardant, brusquement intéressé. Première question intelligente ! Réponse : non, je ne filais pas votre mari. Primo, parce que le boulot était déjà fait et qu'on n'allait pas se mettre dans de nouveaux frais sans se faire régler. Deuxio, parce que j'étais grillé. À cause de la photo que j'ai chouravée au photographe.

— Le grand barbu ? demanda Thérèse.

— Oui, le grand barbu à chemise écossaise. À cause de ça, Letellier m'a repéré. Et on a joué plusieurs fois à cache-cache entre La Pallice et La Rochelle… et je ne sais plus trop bien lequel filait l'autre. À un certain moment, il m'a presque coincé sous une arcade…

— Ah ! fit la petite, rassérénée. C'est donc pour ça qu'il m'a aiguillée sur l'île de Ré ? Mais il ne pouvait donc pas me le dire carrément, ce grand imbécile ?

Le petit Castagner la fixa.

— C'est pour ça, et pour autre chose… Mais j'étais cuit, moi et ma Junior. D'ailleurs je n'avais aucune raison de repister Letellier vendredi, puisque je savais que vous étiez rentrée à Paris jeudi soir. Ça vous va comme ça ?

— Admettons, dit Annette.

De fait, elle se sentait profondément soulagée. Ce petit gars ne pouvait pas être l'assassin d'André ; ça ne collait pas… Poitrail gonflé, bras légèrement écartés, l'œil faussement passé au durcisseur, il faisait peut-être illusion au bord d'un trottoir ; mais un examen moins superficiel révélait ce qu'il était : le petit mec d'autant plus fonceur qu'il avait plus honte d'être timide. On voyait ça à ses oreilles gonflées de sang, comme s'il était au bord du coït. Une bonne nature.

— Qu'est-ce que vous diriez d'une association ? proposa-t-il. Du peu que je sais de votre histoire, je ne peux rien sans vous, mais vous ne pouvez rien sans moi, ou sans un gars comme moi qui vous fera exactement les mêmes propositions.

Thérèse sortit une petite cornue d'un bahut.

— Vous prendrez bien le café ?

C'était l'inviter à parler. Le gars présenta son paquet de cigarettes.

Au point décisif de sa postiche, il s'était mis à suer. Visage congestionné, un vrai feu rouge.

— Fait chaud, chez vous !

Il toussa sa fumée.

— Remarquez bien, dit-il, si j'arrive à coincer un flic de la Criminelle, ce qui s'appelle le coincer et qu'il avoue, et tout... C'est pas que ce soit mauvais pour moi. Question publicité, même, ça serait pas sale. Et puis alors, question moralité, ça ne souffre pas la discussion.

Il ruisselait. Ce qu'il voulait dire était plutôt duraille.

— Et puis, pour vous deux, en somme, c'est une satisfaction morale. C'est pas que ça aille bien loin, mais c'est toujours ça. On est bien d'accord ?

Pas de réponse. Il toussa encore, se leva, alla jusqu'à la fenêtre, jeta sa cigarette à peine entamée.

— C'est chouette, la vue, de chez vous.

— C'est pas mal, dit Thérèse. Continuez.

Il s'épongeait, pénible. On sentait qu'il était furieux contre lui-même.

— Attendez ! Faudrait voir la chose scientifiquement. Là, je suis en train de commencer par la fin. Je mets déjà la tête du flic dans le panier de son ; c'est pas du tout ça ! Faut que je vous interroge. Si ça me botte, je marche. Si ça me botte pas, salut, mesdames ! D'accord ?

Les deux filles le laissaient nager, trop femmes pour ne pas profiter pleinement du petit bonhomme empêtré.

— Première question, dit-il. Les cent millions volatilisés, c'est vrai, ou pas vrai ?

— Ça ne fait aucun doute, dit Thérèse. J'ai répété à votre père ce que j'ai entendu. C'est vrai.

— Bon ! dit le jeune gars. Alors, c'est parce que vous savez que les biftons se sont fait la paire que vous accusez votre flic ? Sans ça, y aurait même pas de mobile et vous ne penseriez même pas au meurtre. C'est bien ça ?

— Oui.

— Alors, dit Jean-Pierre, ça serait-il pas plus intelligent de retrouver d'abord les biftons ? Vous me suivez ?

Elles le devançaient, vachardes, le laissant s'échiner.

— Une supposition qu'on retrouve le paquet, continua-t-il. Eh bien, alors, il sera toujours temps de voir ce qu'on fait. C'est opérationnel, ce que je dis là !

Thérèse avait mis du café dans la tulipe et de l'eau dans la petite cornue qui chauffait sur une lampe à alcool. Transmutation. Le liquide incolore montait, devenait noir.

— Qu'est-ce que vous cherchez à nous dire ? demanda-t-elle calmement au bout d'un silence. Je crains de trop bien comprendre.

— Oh ! si vous craignez, fit-il presque soulagé, n'en parlons plus ! Moi, vous êtes les clientes, je cherche à connaître vos intentions.

— Dame, dit Thérèse en surveillant la montée du café, nous, on n'a pas d'intentions. Qu'est-ce que t'en penses, Annette ? Tu te sens « opérationnelle » ?

— Oh ! l'opération ce serait facile, dit Jean-Pierre. Trois parts !

Il ralluma une autre cigarette ; on voyait la flamme qui tremblotait. Il souffla, s'essayant à la désinvolture dans un nuage de fumée.

— Maintenant, si vous préférez la peau du flic… Ou bien les deux trucs en même temps… Moi, je ne propose rien. Je cherche seulement à connaître les désirs de la clientèle.

— Il ira loin ! remarqua Thérèse.

Le café bouillottait maintenant dans la tulipe. Le gars avait dit ce qu'il avait à dire et retrouvait doucement son calme.

— Faut faire le tour des hypothèses, c'est scientifique.

— Tout ça, c'est du bidon ! fit Annette.

— Sûr ! dit le gars. Mais y a des bidons qui méritent un détour.

— Dis donc, dis donc ! apprécia la petite. Elle est vachement opérationnelle, la jeune classe ! Un sucre, ou deux ?

Tout était dit. Ils burent le café, très détendus. Puis, comme si la chose était entendue, Jean-Pierre demanda à Thérèse :

— Vous me rappelez le nom du flic ?

La petite se tourna vers la copine.

— Tu le connais mieux que moi, Nanie.

— Lucien Lentraille, dit Annette.

Ça valait une signature sur un contrat ; personne ne s'y trompait. Le petit gars demanda, très froid :

— Adresse ?

— Ça, mon vieux, c'est votre boulot ! dit Annette. Moi, je veux surtout savoir si c'est crime ou accident.

— Moi, ce que je veux surtout savoir, dit le gars, c'est si les cent millions sont vraiment en l'air. Sans ça, y a rien de fait !

— C'est certain ! affirma Thérèse. Ils ne m'auraient pas joué une comédie comme ça, surtout qu'ils ne savaient même pas que je les entendais. Et puis ce matin, le petit flicard n'a pas dit non ; il nous a dit de la boucler !

— Non ! dit soudain Annette en reposant sa tasse. Non, je ne marche pas ! Ce gosse-là ne fait pas le poids, on l'envoie à l'abattoir.

— D'abord, je ne suis pas un gosse, protesta Jean-Pierre. Et puis j'ai pas dit que j'étais tout seul. Il m'arrive de faire travailler des copains. Je leur dis juste ce qu'il faut.

— S'agit pas de ça, s'obstina la veuve. Ça ne tient pas, votre truc ; c'est une idée de gamin. Je ne sais pas trop si vous êtes suspect, mon vieux ; mais Thérèse et moi, on l'est ! le commissaire Verdier ne me l'a pas envoyé dire, et c'est naturel. Alors, pendant des semaines et peut-être des années on va être toutes les deux en haute surveillance. Ça nous fera une belle jambe d'avoir chacune trente-trois millions trois cent trente-trois ! Pour passer dix ou quinze ans en cabane ; merci bien !

Le petit gars la regarda, abasourdi.

— Mais, bon Dieu, j'ai jamais dit ça !... Qu'est-ce qu'elle ne va pas chercher ! Je ne suis pas noix à ce point-là ! J'ai jamais dit qu'on allait se partager les cent briques ! Ça d'accord, on ne fait pas le poids. Ni vous ni moi ; faut être réaliste.

Il se pencha, gentil, comme sur une enfant arriérée.

— Mais ma petite vieille, qui c'est qui dit qu'il y a exactement cent millions ? Il y en a peut-être cent deux, ou peut-être quatre-vingt-dix-huit. À une brique près, je ne pense pas qu'ils aient pu compter ce qui est parti en fumée. Alors pourquoi qu'on n'en profiterait pas, nous, de la petite brique qui glisse sur les bords ? C'est ça que je veux dire, moi ; c'est honnête ! Simplement faire nos frais. C'est régulier, non ?

Il y eut un long silence. Les deux femmes prirent le temps de terminer leur café, puis Thérèse demanda simplement :

— Qu'est-ce qu'il vous faudrait, comme renseignements ?

— Tout ! dit Jean-Pierre. Racontez-moi tout !

# V

En fin d’après-midi, Annette était rentrée chez elle pour écrire à sa mère.

Sonnerie à la porte.

Comme si elle était prise en faute, Annette glissa la lettre dans le sous-main, regarda l’heure, pensa que Thérèse avait changé d’avis et revenait pour dîner avec elle.

Elle passa dans l’entrée, ouvrit la porte… C’était Verdier.

Elle se sentit rassurée, sans trop savoir pourquoi : un homme !

Elle repéra immédiatement les mocassins, le pantalon clair et la veste de laine tricotée ; rien d’officiel.

— Tiens… Vous venez aussi quand il y a du monde ?

Il écarta les bras comme pour s’excuser.

— Je ne veux pas vous déranger.

— Vous ne me dérangez pas. Entrez donc.

Il entra, en précisant :

— Vous n’êtes pas obligée de me recevoir.

— Oh ! fit-elle ironiquement. Dans policier, il y a « poli » !

— Ce n'est pas seulement politesse, mais une formule obligatoire, dit-il en la suivant dans la petite salle à manger. Je fais un curieux métier, que j'ai la faiblesse d'aimer, mais qui doit tenir énormément compte de la bonne volonté des gens.

Des phrases ! Mais ça faisait du bien d'entendre parler un homme.

— Vous voulez encore m'interroger ? demanda-t-elle sans hostilité.

Il parut comiquement horrifié, comme si elle venait de dire une sottise.

— Vous interroger ? Sapristi, chère madame, cela m'est strictement interdit ! Je pense que, demain ou après-demain, vous serez citée devant le juge d'instruction qui, lui, a le droit de vous interroger. Moi, j'ai simplement le droit de vous « entendre ». Nuance !... Si je vous disais que, juridiquement, on discute encore de savoir si l'enquête préliminaire de police est franchement illégale, ou simplement extra-légale !

— Ça me paraît subtil, dit Annette.

Elle se sentait flattée d'être traitée en fille intelligente, et elle était assez intelligente pour comprendre que c'était un truc pour la flatter.

— Asseyez-vous, monsieur le commissaire.

Il faisait déjà sombre. Elle alluma le lustre, ferma les doubles rideaux.

— Vous connaissez déjà les lieux, je crois ? C'est vous qui avez perquisitionné ?

— Rigoureusement interdit ! J'ai « visité », si vous

permettez ! C'est ce que, juridiquement, on appelle une tolérance justifiée par l'état de flagrance.

— Tiens, tiens ?… En somme, vous faites tout ce qui vous est interdit, mais en appelant ça autrement ?

— Simple aménagement de la pratique, chère madame. Or, dans notre cas, l'agression et le vol étaient flagrants. Vous avez vu l'inspecteur Lentraille, ce matin ?

— Oui.

— Il paraît que vous avez renoué avec Mlle Gerbaut ?

— Ça peut paraître bizarre, mais c'est comme ça.

— C'est très normal, dit le commissaire. Je suppose que vous avez déjeuné avec elle, et que vous avez passé l'après-midi ensemble ?

— Vous nous avez fait suivre ?

— Simple déduction… Je suis venu vous informer d'un fait nouveau. Vous avez reconnu le corps, à Avallon ?

L'estomac noué, elle se contenta d'affirmer, d'un mouvement de tête.

— Est-on convenu devant vous d'une date possible d'inhumation ?

— Je ne pense pas… Non.

— C'était le plus sage, fit Verdier. L'hypothèse de l'accident est peut-être valable ; mais il est possible aussi qu'il y ait meurtre. En tout cas, il devient indéniable qu'il y a complicité.

Il avait pris un ton un peu trop grave ; elle ne répondit pas.

— Je n'ai pas l'air de vous apprendre grand-chose de nouveau, remarqua-t-il.

Elle prit le parti d'avouer.

— Non, Thérèse m'a dit, ce matin...

— Je vous le confirme, coupa-t-il. Une grosse partie de l'argent a disparu. En ce qui concerne Letellier, l'action de la Justice est éteinte ; mais nous nous trouvons devant une quasi-certitude : il y a un complice. Et c'est ce complice que vous allez m'aider à retrouver, mon petit !

Prenant un temps, il ajouta avec intention :

— Un complice, ou une complice ! Vous avez dîné ?

— Pas encore.

— Moi non plus. Si vous le permettez, je vous emmène. Je connais un petit coin, à la Cité, où nous serons tranquilles. Puis j'aurai ensuite quelques questions à vous poser dans mon bureau.

Annette blêmit ; choquée.

— Je vois. Vous m'embarquez ?

Il haussa doucement les épaules.

— Mon pauvre petit, se faire embarquer, c'est tout à fait autre chose. Simplement, j'ai besoin de vous, et vous avez besoin de moi. Vous arrivez à un moment où il devient indispensable de savoir choisir vos amis.

Rétractée, les poings serrés, elle demanda :

— Qu'est-ce que vous reprochez à Thérèse ? Elle n'a rien fait. C'est complètement idiot !

— Nous y reviendrons, dit le commissaire. Votre amie a passé hier une dizaine d'heures dans nos bureaux. Je crois qu'elle a employé la moitié de ce temps à tenter de nous démontrer que Letellier allait vous rejoindre, avec le gros paquet.

— Ce n'est pas vrai ! se rebiffa la jeune femme. Je connais Thérèse depuis toujours. Elle est incapable d'une action basse !

Et, devant le brusque sourire ironique du policier, elle sentit le petit pincement au cœur et eut une giclée de larmes.

— Oh ! c'est pas drôle ! Elle a pu coucher avec mon mari et rester loyale.

Verdier ne releva pas la contradiction. Y en avait-il une ?

— Vous m'avez bien dit que vous alliez vous séparer de votre mari, n'est-ce pas ?

— Oui.

— Et cependant, vous prépariez un petit voyage dans l'Oberland bernois. C'est assez contradictoire ! De son côté, Mlle Gerbaut m'a déclaré que c'en était fini avec son amant, qu'ils s'étaient fâchés à Royan, et qu'elle ne l'avait pas revu.

— C'est exact !

— Qu'en savez-vous ?... Elle prétend être rentrée jeudi soir chez elle, ce qui paraît exact. Elle dit également qu'elle a évité de passer la soirée de vendredi chez elle, pour ne pas risquer de revoir Letellier. Elle aurait dîné d'un sandwich dans un café et aurait assisté deux fois ou presque, à la représentation du *Jour le plus long*, ce qui me paraît une performance remarquable !... Malheureusement pour elle, je ne vois pas pourquoi elle serait revenue à Paris, où se trouvait Letellier, pour éviter de le revoir ; alors qu'elle pouvait rester à Royan où elle avait loué jusqu'à ce soir.

— Oh ! vous êtes assommant ! explosa la jeune

femme. Vous voulez enfermer les gens dans des mots. Ça ne veut rien dire ! Rien !

— Rien ! approuva Verdier. Savez-vous si Letellier avait des notes personnelles, un agenda, un journal ?

Elle désigna d'un geste large le petit secrétaire rustique, façon Samaritaine.

— Vous avez tout fouillé. Je n'en sais pas plus que vous !

— Nous n'avons pas trouvé grand-chose, dit Verdier, sinon la certitude que Letellier a fait le vide avant de partir. La seule pièce intéressante, c'est votre lettre lui disant que vous aviez réservé une chambre à… je ne sais plus le nom.

— La Lenk.

Il balaya de la main ce détail sans importance.

— Gymnastique mentale. C'est le premier stade d'une enquête et c'est un aveu d'impuissance. Devant une fausse piste aussi nettement affichée, on en vient d'abord à se demander si Letellier n'est pas un pâle crétin qui prend les policiers pour des imbéciles ; ensuite on se demande s'il est assez médiocrement intelligent pour qu'une erreur aussi ostensible soit destinée à nous faire dédaigner une fausse piste qui, en fait, serait vraie, ensuite on se demande s'il est assez futé pour croire que nous puissions penser au second degré que cette piste est la vraie, alors qu'elle est fausse… Vous me suivez ?

— Oh ! là, là ! fit-elle, écœurée. Je vous en prie !

— C'est vicieux ! remarqua-t-il, presque jovial.

— C'est barbant ! Vous savez bien que je n'y suis pour rien !

— Je ne vais pas vous barber longtemps, se pinça-t-il légèrement. Je reviens de ma petite maison de campagne, du côté de Trilport, au bord de la Marne. Vous étiez sur ma route... Je ne fais que passer.

Il déboutonna sa veste en laine tricotée. En fait, il s'installait.

— Votre amie nous a précisé qu'elle n'était qu'un jouet pour Letellier qui la prenait manifestement pour une idiote, et qu'il n'avait jamais cessé de vous aimer. Je dois à la vérité de dire qu'elle ne vous a accusée en rien. Elle est persuadée que vous n'étiez absolument pas au courant des intentions de votre mari, mais que celui-ci vous adorait, et souffrait surtout de ne vous offrir qu'une existence médiocre.

Annette devint grise, atterrée, secouant la tête :

— Il m'adorait ? Eh bien !... C'est peut-être pour ça qu'il m'appelait de tous les noms ! Mollasse, pourriture, pauvre débris !

Elle respirait plus vite. Les tendons de son cou s'arquaient, sa mâchoire tremblait... De nouveau, comme la veille, le bon papa Verdier obtenait sa crise.

— La Pustule !... J'avais souvent des éruptions de boutons... Je n'y pouvais rien, monsieur ; j'étais allergique. À quoi, je n'en savais trop rien. Mais maintenant, je le sais : c'est à lui que j'étais allergique ! Maintenant que je me fous bien de lui, je suis toute neuve comme un bébé... Mais vous croyez qu'un homme qui adore sa femme la pousse devant la glace : « Mais regarde-toi donc ! T'es moche à faire dégueuler ! Saloperie ! Résidu de coucherie de poivrots ! »… Et maman, c'était la mère La Chtouille ! Et le petit, c'était le Morbaque Hideux !… Mais vous ne pouvez pas savoir ce que j'ai souffert !

Elle s'effondrait dans les sanglots.

— Je sais bien pourquoi il a laissé cette lettre-là ! C'est pour m'emmerder encore après sa mort ! Il me détestait, ce salaud ! C'est un monstre !

Insensible à la crise qu'il avait provoquée, Verdier observa froidement :

— Voyons… Lorsqu'il a laissé cette lettre dans le tiroir du secrétaire, il n'avait tout de même pas le pressentiment qu'il allait mourir dans un accident, ou dans une histoire de règlement de comptes avec un complice ?

— Je n'en sais rien, dit-elle, mais il voulait disparaître et me laisser tous les emmerdements, c'est net !

— Soit, dit Verdier, il voulait disparaître. Mais nous devons maintenant considérer comme une certitude qu'il voulait disparaître avec quelqu'un. Voilà comment se présente le problème, mon petit. Nous avons posé la question à votre amie et, sans vouloir vous charger, c'est elle qui nous a suggéré que Letellier voulait disparaître avec vous !

— C'est faux !

— Sans doute. Mais voulez-vous que nous examinions l'autre face du problème. Il peut très bien avoir voulu disparaître avec elle… ?

Elle haussa les épaules.

— Attendez ! insista-t-il. À moins d'un fait nouveau, nous n'aurons sans doute jamais la possibilité de contrôler ce qu'a fait Mlle Gerbaut entre vendredi dix-sept heures et samedi dix heures du matin, heure à laquelle un inspecteur l'a trouvée chez elle. Voilà comment on peut débrouiller les choses... Letellier va la voir à Royan pour discuter avec elle des différentes modalités de l'action. Elle revient à Paris jeudi soir et se trouve donc prête vendredi à participer au coup, auquel Letellier pense depuis déjà longtemps. Peut-être même se trouve-t-elle au volant de la Panhard au moment où Letellier sort avec les valises. Ils prennent donc la nationale 6 et...

Il s'arrêta. La jeune femme le regardait avec une espèce de pitié méprisante, se frappant le front.

— Ça va pas, non ?... Ablabla ! C'est ça, les enquêtes de police ? Des mots ! Je vous dis, moi, que Thérèse est incapable de ça ! Vous perdez votre temps ! Vous l'avez vue dix heures, mais, moi, je la connais depuis toujours !

— Y a plus de respect pour les anciens ! fit Verdier, bonhomme et paternel. Pour vous faire plaisir, mon petit, nous allons laisser les mots et en arriver aux faits. Connaissez-vous la région d'Avallon ?

— Non.

— Puis-je vous demander où vous vous trouviez, au début de juin ?

— Je ne sais pas, dit-elle tout d'abord... Si ! Chez maman, à Asnières. Ça ne marchait pas du tout avec André. J'avais tout laissé tomber, et puis il est revenu me chercher un samedi... Je me souviens qu'on a marché le long de la Seine, on est même entrés au cimetière des chiens… Il a pleuré, il m'a dit qu'il regrettait ce qu'il avait fait… Enfin, il m'a embobinée, quoi, et je suis revenue ici, termina-t-elle presque honteuse.

Elle ajouta au bout d'un moment :

— Je dois dire que, les derniers temps, il était plus gentil.

— Bien ! dit le commissaire. Mais on me signale la présence de Letellier dans une petite auberge de la vallée du Cousin, à quelques kilomètres d'Avallon, durant un week-end du début de juin dernier. Il s'y trouvait avec une dame. Ce n'était pas vous ?

— Sûrement pas !

— C'était votre amie Thérèse, dit le policier. L'aubergiste l'a très bien reconnue sur une photo.

— Et alors ?

— Ma foi, dit le commissaire, je m'abstiens de tirer des conclusions. Je vous communique simplement des faits pour vous donner à réfléchir. Votre amie Thérèse ne m'en a rien dit, mais j'ai appris par recoupements qu'elle connaissait très bien la région d'Avallon.

Il se leva, reboutonna sa veste comme s'il allait partir.

— Je vous livre tous mes petits secrets. À ce point de mon enquête, je commence à me convaincre que votre mari était un homme réservé, et même franchement renfermé. Jusqu'à preuve du contraire son existence s'inscrit dans un triangle : son bureau, son foyer, sa maîtresse. Complicité à la banque, ou à la salle de sports réservée aux employés, ça me paraît hors de question. Complicité avec vous ? Très sincèrement, mon petit, je n'y crois pas. Et même, d'après l'enquête de Grenoble, c'est matériellement impossible. Quant à votre amie Thérèse… Je m'abstiens de tout bla-bla ; voici les faits.

Il se mit à énumérer sur ses doigts, très rapidement.

— Premièrement, elle ne peut justifier de son emploi du temps au moment qui nous intéresse. Deuxièmement, elle a déjà séjourné dans la région d'Avallon, avec Letellier. Troisièmement, le temps de six heures et demie entre le vol et l'heure de l'incendie de la voiture ne correspond pas à l'idée d'une fuite vers la frontière, ou simplement vers le Dauphiné où vous vous trouviez, et laisse à penser que Letellier avait effectivement quelque chose à faire du côté d'Avallon. Quatrièmement, et c'est pour moi une certitude depuis un coup de téléphone reçu il y a moins de deux heures, la voiture de Letellier a été repérée à la tombée de la nuit à Vézelay, par le gardien de camping qui note par routine les numéros des voitures. Or, Vézelay se trouve à quelques kilomètres de l'auberge où ont séjourné votre amie Thérèse et votre mari, à quelques kilomètres également du lieu du présumé accident. Tirez vous-même les conclusions !

Annette n'avait pas enregistré la fin… Vézelay ! Elle entendit sonner les cloches et se laissa couler sur une chaise, groggy !

Stupéfait de la qualité de sa victoire, Verdier la regarda avec bonté durant une seconde ou deux.

— Vous voyez l'effet que ça ferait devant un jury, mon petit ?

« Gros imbécile ! » pensait Annette.

— Reste à savoir comment Letellier est mort… Véritable accident, arrêt du cœur, ou bien…

« Pauvre flicard borné ! Est-ce que je lui dis tout ? »

— … ou bien meurtre ? Votre amie Thérèse m'a paru être une fille assez solide pour savoir manier la matraque, assez astucieuse pour simuler un accident, mettre le feu à la voiture et s'enfuir dans sa pétrolette avec la plus grosse partie des billets ! Triomphe de la logique, n'est-ce pas ?

« De la connerie, pauvre plouc ! C'est pas possible, il le fait exprès ! »

Verdier n'avait d'ailleurs pas l'air de croire tout à fait à ce qu'il disait. Sourire en coin, il restait supérieur et bonhomme, guettant une réaction qui ne venait pas. Il ajouta, pensif :

— La position de votre amie n'est guère brillante. Au fait, j'ai reçu un coup de téléphone d'un certain Castagner. Vous connaissez ?

Elle se raidit.

— Oui.

— Pourquoi ne m'avez-vous pas dit que vous faisiez filer votre mari ?

— Ça m'était sorti de l'idée.

— C'est une faute grave ! dit-il sévèrement. En l'occurrence cela ne porte pas à conséquence puisque M. Castagner, que nous connaissons très bien, nous a avisés de lui-même. Mais supposez que vous vous soyez adressée à une officine louche, qu'un quidam quelconque ait filé votre mari le soir du vol… Vous voyez où ça mène ? À cause de cette omission, c'est vous (il la pointa du doigt) qui seriez responsable de la mise en accusation de votre amie Thérèse, qui serait à ce moment innocente sans jamais pouvoir le prouver !

— Oui, dit Annette d'une voix blanche en contenant son indignation.

Il devint encore plus rantanplan, baderne, docte, levant le doigt :

— Tout me dire ! Il faut *tout* me dire ! Que ce soit une leçon, mon petit ! Même si vous pensez des horreurs, je veux les entendre ! C'est bien compris ?

« Est-ce qu'il me fait une avance ? Je ne sais plus où j'en suis... »

— Monsieur le commissaire ! se lança-t-elle brusquement.

Elle s'était levée et ils se trouvaient chacun d'un côté de la table, à peu près dans la même posture, s'appuyant sur les bras, paumes à plat sur le chemin de lin brodé, s'affrontant comme des beloteurs du dimanche qui contestent un point.

— Je vous écoute, madame.

— Est-ce que l'inspecteur Lentraille se trouvait à Vézelay, vendredi à la tombée de la nuit ?

Verdier soupira de satisfaction, d'un air de dire : nous y voilà !

— C'est très probable, dit-il. Le père de Lucien est un vieil ami à moi. Il tient une agence immobilière au bourg de Vézelay.

— Un ami ? souligna Annette qui commençait à trembler sous la tension. Est-ce qu'il habite loin de l'endroit où l'on a repéré la voiture de mon mari ?

— Approximativement cent cinquante mètres.

C'est évidemment une coïncidence... Où voulez-vous en venir ?

Il paraissait sûr de lui, déjà au courant, chat guettant la souris.

« Ils se tiennent tous, ces salauds ! »

— Vous appelez ça une coïncidence ? L'inspecteur Lentraille s'est trouvé à cent cinquante mètres de la voiture, il a peut-être garé sa Dauphine à côté, et vous croyez sérieusement qu'il n'aurait rien remarqué ?

— Pourquoi voulez-vous qu'il remarque quelque chose ? demanda gentiment le commissaire. Il ignorait complètement le numéro de la voiture.

— Il le connaissait depuis dix-huit heures vingt ! affirma-t-elle.

— Mais non...

— Mais si ! claqua-t-elle, les yeux creux, prête à se battre. Il était bien à l'agence, après le vol ?

— Il y est passé, convint Verdier. C'est moi qui l'ai autorisé à partir quand même pour son week-end. Je ne savais pas encore à ce moment-là le développement que prendrait l'affaire.

— Bignon lui a donné le numéro, s'obstina-t-elle. Il ne vous l'a peut-être pas dit, mais c'est comme ça !

— Non ! dit simplement Verdier avec le calme de l'homme inattaquable.

Alors elle comprit qu'elle avait devant elle un ennemi qui voulait la pousser à la crise de nerfs. Elle répéta plusieurs fois, mais d'une voix très basse :

— Si, si et si ! Vous le savez comme moi, Lentraille avait le numéro. Je me demandais comment il avait repéré la voiture, maintenant je le sais.

Verdier ne la quittait pas des yeux, bon papa, mais du genre implacable.

— Vous ne savez rien du tout, mon petit !

— Vous ne pensez tout de même pas que je vais laisser accuser Thérèse à la place d'un salaud ?

Il leva le bras.

— Stop !... Attention, mon petit ! Terrain dangereux ! Outrage à un Officier de police judiciaire dans l'exercice de ses fonctions... Article 224 du Code pénal ; un mois de prison et vingt-quatre mille francs d'amende !

Il se foutait d'elle, nettement. Elle avait fini par mettre les mains aux hanches, petite mère la Châtaigne mal mariée, habituée aux bagarres verbales où elle avait toujours le dessous, sans jamais vouloir toucher des deux épaules.

— Il connaissait le numéro, je vous dis ! Bignon lui avait dit : Marignan 1515, un truc comme ça ! Il a repéré la voiture... Vous êtes bête, ou quoi ? Pas besoin d'aller chercher plus loin, il n'y a pas de complice. C'est lui qui a fait le coup ! Il a tué mon mari, il a maquillé ça en accident et il a embarqué les billets !

Verdier éleva de nouveau le bras pour la couper.

— Stop !... Article 373 du Code pénal, cette fois, mon petit... Dénonciation calomnieuse. Ça va chercher six mois de prison ! Je vous conseille de vous surveiller !

Elle lui faisait face, dressée, l'œil noir, superbe et tragique comme une victime.

— Vous êtes tous dans le bain, pas vrai ? Vous aussi, vous allez toucher votre part ? C'est ça, les flics ! J'osais pas y croire…

Verdier parut plus las, désabusé. Il soupira :

— Ne soyez pas stupide, mon petit. Lentraille n'a pas pu faire ça ; c'est tout.

— Et pourquoi donc ? lança-t-elle comme un défi.

— Parce que c'est un policier.

Elle éclata d'un rire fêlé.

— Ah ! c'est vrai ! Vous avez le droit de tout faire, mais en appelant ça autrement ; vous venez de le dire ! Alors comment ça s'appelle pour vous d'assassiner les gens, et de les voler, et de mettre ça sur le dos d'une pauvre fille qui n'a rien fait ?

Il haussa les épaules. Puis comme elle recommençait son rire insultant, il devint rouge, furieux. Il frappa du poing sur la table, tonitruant :

— Touche pas à ça, bon Dieu !

Il se raidit aussitôt, s'inclina, correct et glacé.

— Madame Letellier, vous voudrez bien passer à mon bureau, demain en début d'après-midi !

Il se retourna, silhouette lourde, presque un vieil homme. Elle entendit le parquet de l'entrée qui craquait, le bruit de la serrure et le claquement de la porte… Il était parti.

Alors elle s'effondra, coudes sur la table, prête à pleurer toutes les larmes de la terre… Mais ses yeux restèrent secs, et elle se sentit soudain très forte.

Dans la trempe de l'horreur et de l'injustice venait de naître une héroïne, cassante et dure.

# VI

Sur le champ de foire il y avait eu le coup de feu prévu, en début d'après-midi.

Ça correspondait à un reflux de pèlerins, momentanément repus de grand-messe, de bannières, de chœurs de pucelles, et qui faisaient retour aux nourritures terrestres.

Boum sur la limonade, sur les frites, mais aussi sur la puissante musique électrique des manèges. Du chant grégorien de la basilique on descendait au twist électronique des guitares qui saturaient les gueulophones avec une puissance de soude caustique débouchant les siphons engorgés.

À l'arrière de la camionnette beige, Clovis avait sorti une petite table de bois et les grands panneaux de contre-plaqué où étaient affichées les photos de groupes, avec leur numéro.

Au coin de la table, un macaron était placé en évidence, encadré de teintes suaves, jaune et bleu pâle : « AGRÉÉ par le Comité de la Sainte-Marie-Madeleine ».

C'était le second jour de la « Madeleine » et il y

avait plus de monde que la veille, du fait du dimanche. Peut-être pas davantage là-haut, à la basilique romane, mais du moins là sur le champ de foire. Moins de ferveur, mais porte-monnaie moins constipé.

Comme les trois autres photographes agréés, Clovis avait travaillé les groupes, dans la matinée. Il avait opéré sur le faux puits de la basilique, ferronnerie au premier plan sur fond très éclairé de portail roman. Groupes variables, petites familles qui prenaient la pose ; patronages à curé hilare, parfois couple d'amoureux. Il donnait son carton.

— Les épreuves au champ de foire, à partir de deux heures.

Et depuis l'heure de la grand-messe, il s'était enfermé dans la camionnette, travaillant au bac et à l'agrandisseur… Révélateur, hyposulfite, rinçage à l'eau froide et coup de fer tiède pour donner de la tenue et du glacé.

Puis ç'avait été l'heure des commandes et il avait ressenti la catastrophe d'être seul. Le petit travail des sorties de mariage, et des fêtes foraines, avec la toile en grisaille ou la boîte à double expo, c'était du boulot d'artisan qu'on pouvait faire seul. Mais pour l'abattage des grandes foires et des pèlerinages, il fallait être deux ; l'un à l'appareil, ou à la table des commandes, l'autre au labo.

Il fallait être deux et il était seul. Tout seul !… Et la plupart des photos exposées étaient loupées, survirées, noircies… Le client qui reconnaissait sa petite gueule n'en demandait peut-être pas davantage, mais d'un point de vue professionnel, c'était dégueulasse ! Clovis en avait pleinement conscience et il avait envie de foutre le camp !

Depuis bientôt deux jours il était malade et ne pouvait rien garder. Il n'avait pas dormi ; le visage jaune et l'œil fixe.

De sa place, il pouvait voir le flot des voitures qui déferlaient sur la place de Barle, avec l'enfilade des ruelles pavoisées de Vézelay... Sifflet des gendarmes, guitare éructée des manèges, graisse de cheval des fabricants de sandwiches ; c'était à vomir !

Pas le droit de foutre le camp ! Surtout pas ça ! Rester jusqu'au bout !... Il grelottait malgré la chaleur et il avait enfilé un veston qui paraissait trop large et lui donnait un faux air de rapin famélique.

Un autre forain l'avait reconnu avec hésitation, était venu lui serrer la main.

— Pas l'air dans ton assiette ?

— Ça va pas fort.

Des gens venaient examiner les épreuves aux panneaux.

— Tiens, mais c'est nous, là !

Clovis ne poussait pas à la consommation, les laissait venir, indifférent. Il reprenait pourtant le sourire commercial quand on lui passait commande. Il avançait une grande enveloppe :

— Mettez vous-même votre adresse, vous les recevrez à domicile.

Déception et réticence. Ils ne voulaient pas payer sans rien emporter ; ça devenait exténuant. Pour les plus exigeants, il fallait bien jouer la photo-minute, promettre pour la fin d'après-midi, se renfermer dans la camionnette, se retaper l'agrandisseur et les bacs, avec l'envie fulgurante de décamper à la seconde !

C'était une vieille fourgonnette de dix ans d'âge, très fatiguée, trop lourde pour son moteur. Des lucarnes avaient été percées dans la tôle, avec joints de caoutchouc et rideaux de cretonne.

Une couche d'homme seul, en principe repliable, mais qui restait toujours étalée avec ses draps gras piqués de brûlures de cigarettes. Odeur de beurre rance et de chaussettes sales.

Le coin du laboratoire était surtout une grande boîte à manche, par laquelle on entrait et sortait les épreuves, avec une œillère d'observation crasseuse et brillante de sueur. Antique !

Contre le caisson qui dominait la couchette il y avait une toile qui représentait une scène curieuse : désert ponctué de personnages au visage dédoublé, étrangers les uns aux autres et perdus dans la contemplation, au loin courait une girafe dont la crinière était en feu, tandis que dans un autre coin des femmes vertes courbées dans l'eau lavaient leurs énormes fesses, rappel des visages dédoublés de penseurs. C'était étrange et ça ne manquait pas de talent. C'était signé : Clovis… Il fallait s'approcher très près pour voir écrit naïvement en dessous, en petites lettres noires : d'après Salvador Dali.

Tout sentait la vie ratée, la fuite et la misère. Un lot d'homme seul et sans attache, qui vivait dans les foules et ne connaissait personne. Et lui qui subsistait grâce à des milliers de visages n'avait qu'une glace ébréchée pour voir le sien.

Il entrait sa main par la manche noire du laboratoire. On voyait qu'il avait exécuté cela lui-même en contreplaqué doublé de feutrine noire. Lorsqu'il mettait l'œil au regard d'ébonite, sa courte barbe en collier frottait une partie chanfreinée luisante de graisse humaine.

Dehors la fête continuait par flux et reflux. Montées et descentes des pèlerins à l'heure des vêpres et du salut. Mais déjà le soleil déclinait, allongeant les ombres et donnant une présence à la poussière des piétinements.

Les groupes se reformaient devant les cars ; le dimanche tirait à sa fin. Il n'y aurait plus de commande et la « Madeleine » se terminait.

Vers sept heures du soir, ayant fermé la porte, Clovis s'assit exténué sur la couche. Il regarda longuement le tableau, les visages doubles et les paires de fesses… Il prit un outil, enleva deux vis à bois qui maintenaient le panneau.

Il s'assura que la porte était bien fermée, les rideaux bien tirés. Il enleva le cadre, découvrant une série de petites étagères. Et sur ces étagères, bourrés à bloc, tassés comme au pilon pour ne pas perdre un pouce, il y avait des billets, des liasses, des millions et des millions !

Alors il gémit : « Oh ! là, là ! » et se mit à pleurer.

## VII

En bas de la rue Haxo, il y avait la caserne des pompiers. Lorsque les deux sapeurs virent la jeune femme qui dégringolait la rue, genoux dégagés et seins ballottant sous le corsage, ils sifflotèrent.

— Y a le feu quèque part ?

Elle traversa l'avenue, malgré le feu rouge, s'engouffra dans l'immeuble de Thérèse.

Six étages à grimper après un petit trot de cinq cents mètres, elle arriva fourbue, hors d'haleine.

— C'est toi ? demanda la petite.

Elle était dans le noir, ou presque. Seule la lampe de chevet était allumée et donnait au lit une importance formidable.

— Déjà couchée ?

— Je réfléchissais, dit seulement Thérèse. Qu'est-ce qui se passe, mon chou ?

— Verdier sort de chez moi !

Elle en bégayait, à la recherche de son souffle.

— Camping Vézelay… Repéré la voiture…

— Ton Lentraille ?

— Oui !... Tous dans le bain !... Téléphone procureur !

— Attends ! dit la petite. Ne nous emballons pas ! D'abord, qu'est-ce que c'est donc, un procureur ? Si on se goure, on aura bonne mine !

Elle avait un petit dictionnaire au milieu des livres d'une étagère ; elle l'ouvrit à la page :

— « PROCUREUR, n. m. Membre du parquet qui exerce la fonction de ministère public près les tribunaux de première instance. »

— C'est vague, dit Annette. Va falloir chercher à « Parquet », à « Ministère » et à « Instance ».

La copine continuait de lire :

— « PROCUREUSE, n. f. Femme d'un procureur. Proxénète. »

— Non ?

— Si !

— Ça n'inspire pas confiance, dit Annette dans un soupir.

Durant l'après-midi, elles s'étaient soutenues avec des petits gâteaux et des crèmes, mais vers neuf heures du soir la faim se faisait de nouveau sentir.

Thérèse fit un potage avec l'un des avocats qu'elles avaient achetés le matin, en revenant de chez Castagner : « Tiens ! C'est ça qu'il nous faut ! »... Mais un avocat, un vrai qui cause bien, elles n'en connaissaient pas non plus.

Non vraiment, leur ultime ressource était le petit gars Jean-Pierre maintenant lancé sur la piste.

— Quand est-ce qu'il doit rappeler ?

— Pas avant demain ; faut lui laisser le temps.

Mais on a été bêtes, dit la petite. On aurait dû partir avec lui.

— Qu'est-ce qu'on pourrait faire de mieux là-bas ?

— Justement, dit Thérèse. J'ai beaucoup réfléchi depuis que tu es partie. Je comprends que, plusieurs fois, André a été à un doigt de me dire ce qu'il voulait faire. Après tout, ce n'était peut-être pas avec toi qu'il voulait partir... Je ne veux pas te refaire du mal, Nanie, mais au mois de juin, quand on a été à Avallon, c'était presque décidé : il voulait divorcer.

— Moi aussi ! dit Annette avec rancune. C'est lui qui est venu me rechercher chez maman. En vrai, il ne savait pas ce qu'il voulait.

— Ah ? fit la petite. Parce que c'est lui qui... ? À moi, il m'a dit le contraire ; tu étais revenue le trouver, tu l'avais supplié à cause de Michou, il avait eu pitié...

— Oh ! le salaud ! clama la veuve. Le sale pas franc qui chialait comme un veau au milieu des tombes des chiens ! Et qui me parlait de toi : pffuh ! une bécasse, une vieille fille !

— Il a dit ça ? s'empourpra Thérèse. Eh bien ! Et sais-tu ce qu'il disait de toi, donc ? Une mollasse à mémère, pas de personnalité, une frigide !

— Frigide !...

Elles étaient de chaque côté du lit qui avait l'air de tenir les trois quarts de la pièce et qui tirait l'œil, irrésistiblement. Annette le parcourut de la tête au pied, avec un puissant mépris de femme trompée.

— Et toi, t'étais pas frigide ? ricana-t-elle.

La petite était rouge, mais elle ne cherchait pas à envenimer. Le potage qui bouillottait la rappela vers la cuisinette.

— Tu ne l'aimais pas, Annette. Tu ne l'as jamais aimé. C'est ça, la vérité. Tu l'as connu la première, d'accord. Mais même avant que vous soyez fiancés ça accrochait déjà entre lui et moi. Je t'ai laissé la place, rappelle-toi. Je ne sortais plus, je ne voyais plus personne. Je ne l'ai revu que beaucoup plus tard, au baptême de Michou. Et puis un jour, je l'ai vu par hasard, il était malheureux...

— Je ne te demande pas de confidence ! fit la veuve en ajoutant, radoucie : C'est peut-être vrai que je ne l'ai jamais aimé. Je m'en rends compte, maintenant. Même quand j'étais à ramasser à la cuiller, eh bien, c'était l'amour-propre qui était malade ! Mais en tout cas je ne l'ai jamais trompé, moi !

Sur la table suédoise, Thérèse avait mis une nappe basque et des écuelles provençales. Elles attaquèrent l'onctueuse soupe à l'avocat. Elles étaient copines depuis assez longtemps pour s'envoyer des vacheries sans perdre l'appétit ; mais la petite paraissait préoccupée.

— T'es fâchée ? demanda Annette.

— Mais non, idiote ! Je pense à ce que me disait André. Tout à l'heure j'étais allongée, ça me venait mieux... C'est comme s'il avait voulu me laisser un message. J'ai l'impression de savoir quelque chose, mais c'est pas net... Tiens, étends le bras, prends le papier qui est sur la tablette. C'est ce que j'étais en train de noter.

Annette prit la petite enveloppe de Comptes-chèques postaux, au dos de laquelle étaient alignés des mots au crayon-bille rouge. Elle lut :

— « Paquet pas minable »... Qu'est-ce que ça veut dire ? C'est en code ?

— Non, dit Thérèse. C'est le fond de la pensée d'André. Sa grande frousse, c'était d'être un minable. Il pouvait pas piffer la Sécurité sociale. Il disait : « Ça me les coupe, ça fait de nous des eunuques. Pour ne pas rester un minus, faut jouer sa peau, mettre le paquet ! Les mirabelles sur la balance, et malheur aux vaincus ! »

— Ah ! là, là ! fit Annette avec écœurement. Si je la connais, sa chanson ! Ça m'en sortait par les trous de nez !

— C'est plus une chanson, reprocha la petite. Ce qu'il disait, il l'a fait !

La veuve fit « pouic ! » avec sa bouche, ironique.

— Ça mérite de passer à la postérité !...

— Comme tu le détestes, constata Thérèse. Tu vois, on faisait des projets. Je lui avais montré tout ce que je connaissais dans le coin, la colonie de vacances de l'E.D.F., les maisons abandonnées. On se demandait si on ne pourrait pas en acheter une pour pas cher.

— Charmant ! Une chaumière et un cœur ! Et pendant ce temps-là, il me poussait des cornes !

— Attends ! dit la petite. C'est moi qui parlais de chaumière. Lui, c'est les châteaux qui l'intéressaient. Et c'est là, oui, j'en suis certaine... Il m'a dit qu'on a l'existence qu'on mérite, que sa situation allait changer radicalement, que quand on est vivant ça veut dire que tout vous appartient, et qu'on n'appartient à personne...

— Tiens, tiens ? fit Annette de plus en plus ironique. Eh bien, mot pour mot, il m'a écrit la même chose ! Je te montrerai la lettre.

— Mais ça va plus loin que ça ! continua la petite avec un profond sérieux. Tu sais comment il était quand il parlait ; on n'avait plus qu'à l'écouter. Ce qu'il m'a dit, à moi, il te l'a peut-être dit, à toi aussi. Je ne suis pas jalouse.

— Tu es trop bonne !

— Il t'a certainement raconté son histoire des larves ?

— Des larves ?... Ah ! oui, que l'oiseau brise sa coquille, que le serpent et l'insecte changent de peau pour devenir adultes ; il n'y a que l'homme qui soit à la traîne ! Rassure-toi, j'y ai eu droit aussi !

— « Les hommes restent des larves parce qu'ils ne veulent pas changer de peau », répétait la petite comme si elle citait des paroles d'évangile. « Et toute la Société, avec la carte d'assuré social, les flics et la prise des empreintes digitales, tout est fait pour empêcher l'homme de changer de peau, de devenir adulte. Les premiers hommes l'avaient bien compris, et il fallait qu'ils tuent un ennemi, qu'ils boivent son sang, pour changer de peau, pour devenir de vrais hommes complets !... » Voilà ce qu'il disait !

Elle avait cessé de manger, regard lointain. Elle était devenue presque douloureuse.

— Je suis peut-être folle, Nanie. Mais tout à

l'heure, juste avant que tu arrives, j'ai eu la sensation qu'André était encore vivant.

— Parle pas de malheur ! dit la veuve. Merci bien !

Elle en frissonnait de dégoût en repensant à la morgue d'Avallon. Elle repoussa son assiette.

— Eh bien, ça y est, j'ai plus faim ! T'as bien fait de me parler de ça, toi ! Si tu avais vu ce que j'ai vu, au lieu de gamberger sur le lit où tu te faisais sauter...

— Sois pas méchante, dit la petite comme si elle revenait sur terre. J'étais presque endormie, et ç'a été comme s'il me parlait. Je ne peux pas te dire l'effet que ça m'a fait !

Elles sursautèrent en même temps, comme traversées par un courant de haute tension... Ce n'était que le téléphone.

Thérèse prit l'appareil. Une voix de femme lui demanda d'abord de confirmer son numéro... C'était la province.

— Salut ! dit la voix de Jean-Pierre.

— Vous êtes bien arrivé ?

— Ça fait un petit moment ! Je suis à l'Écu de France, à Vézelay. Vous m'entendez bien ?

— Parfaitement.

— Bon, alors je vous annonce que c'est fumant !

— C'est quoi... ?

— Fumant ! La grande foire ! On nage dans les papiers gras !

Annette observait la copine qui répondait à l'appareil sans lui offrir l'écouteur. Mais elle pouvait suivre la conversation rien qu'à ses réponses.

— On le sait déjà, mon petit vieux… Rien à espérer de ce côté-là. D'après mon amie, il avait l'air très décontracté… En principe, je ne dois pas bouger d'ici. À la disposition du chef de bureau…

Thérèse écouta un long moment. Ses yeux se creusaient et sa peau devenait grise. Elle prit un papier, un stylo-bille…

— Épelez, s'il vous plaît.

Elle écrivit un nom en majuscules. Puis, presque aussitôt, elle dit d'une voix blanche :

— Je vais essayer de dormir un peu, sans ça y aura plus personne. Mais je peux partir vers cinq heures du matin. Je serai là-bas avant neuf heures… Entendu, à demain matin. On se comprendra mieux.

Elle raccrocha, méconnaissable, le visage vidé de sang, soudain vieille fille aux yeux battus, laide.

— Faut que j'y aille ! J'ai pas compris la moitié de ce qu'il me disait, mais il paraît qu'il y a déjà du monde prêt à jurer d'avoir vu ma Caroline là-bas, vendredi soir !

« Caroline », c'était le nom d'amitié de la petite Fiat. La peau de Thérèse reprenait lentement des couleurs, passait au rose puis, en quelques secondes, au rouge colère avec une giclée de larmes.

— Les sales vaches, ils veulent me coincer ! Je ne vais pas me laisser faire !

Fille d'action, elle était fouettée, furieuse.

— La voiture n'a pas quitté la rue Saint-Fargeau depuis que je suis rentrée de Royan, dans la nuit de jeudi, jusqu'à ce matin pour aller chez Castagner. Il y a plus de mille personnes qui ont pu la remarquer, je vais quand même bien trouver un témoin !

Annette connaissait assez son amie pour savoir qu'elle disait vrai.

— Je te crois, Thérèse. Mais pourquoi vas-tu là-bas ? C'est peut-être un piège ?

— Piège, ou pas piège, je veux le voir entre quat'z-yeux, celui qui dit qu'il m'a vue là-bas ! Non, mais, tu vois ce que c'est, les enquêtes criminelles ? Tu vois ce que c'est, les vacheries de ces sales bourriques vicieuses !

— Vas-y mollo, conseilla Annette. Je crois que Verdier est persuadé que c'est toi. Je ne voulais pas te le répéter, tant ça m'a paru fort de café, mais il m'a dit que tu étais bien assez costaude pour tuer André à coups de matraque.

— Matraque ?

— Oui… Et assez maligne pour mettre le feu à la voiture, après avoir transféré les billets dans la tienne.

— Il a dit ça ?

— Oui. Et moi, je l'ai positivement foutu à la porte de chez moi.

— Les sales bourriques ! murmura la petite blonde écœurée. Ils veulent ma peau, hein ! Eh bien, ils auront peut-être ma chemise et mon slip, mais ils n'auront pas la peau ; je te le garantis !

Elle ouvrait des tiroirs, cherchait avec fébrilité.

— Ce que je ne comprends pas, dit Annette… Si tu es tellement suspecte, pourquoi ils ne t'arrêtent pas ?

— Eh bien, c'est ce que j'ai demandé à Verdier, remarqua Thérèse. Ce faux derche a pris son air de grand-papa gâteau en me pelotant les épaules :

« Mon petit rat, je ne peux pas t'arrêter, mais simplement te garder à vue ; nuance ! »

— Ça, c'est bien sa manière, confirma Annette.

Elle tressaillit soudain, traversée d'une idée.

— Oh !... Et si c'était ça, le piège ! On voit ça dans les journaux : délit de fuite... Alors ils ont le droit de te tirer dessus ! Pan, pan ! à un coin de bois, comme un lapin ! C'est ça qui les arrangerait drôlement, dans leurs saloperies ! Tu te rends compte ?

— Oui, dit Thérèse. Et puis ils refilent une dizaine de briques dans mon coffre, et le tour est joué ! Les voilà tranquilles pour se partager le reste ! Oh ! les ignobles ordures !

— Tu es en danger, Théréson, dit Annette en se levant.

Et, en soudain courage, elle lui prit les mains.

— Je vais avec toi ! Ils n'oseront quand même pas tuer deux femmes en même temps !

Les deux copines s'embrassèrent furieusement dans l'odeur d'avocat refroidi ; cœur de proscrites, seules contre l'humanité entière, avec un unique et fragile petit copain qu'il fallait retrouver au plus vite.

— T'es chic, dit Thérèse. C'est d'accord. Tu couches ici et on part demain matin de très bonne heure.

Elle fouillait encore les tiroirs.

— Qu'est-ce que tu cherches ?

— La carte Michelin. Jean-Pierre m'a donné un nom ; ça me dit quelque chose, mais il faut que je le trouve sur la carte.

Annette prit le papier, près du téléphone. En grosses majuscules était simplement noté : ASQUINS.

— C'est celui qui prétend avoir vu ta bagnole ?

— Non, c'est un bled. J'ai dû y passer au mois de juin. Faut que je retrouve où c'est... La carte doit être dans le vide-poches de la voiture. Je vais la chercher.

— Ça peut attendre à demain matin, on verra ça en roulant.

— Non, je veux en avoir le cœur net. J'en ai pour deux minutes. Tu n'as qu'à prendre mon pyjama vert dans la commode. Une bonne douche chaude, ça nous fera dormir.

Restée seule, Annette ceintura le tablier de plastique et commença la vaisselle à l'eau qui venait beaucoup plus chaude que chez elle. Vite fait ! Elle laissa le tout dans l'égouttoir, se lava les mains.

L'appartement de Thérèse était minuscule mais confortable, avec de la moquette sous le pied, des éclairages opalins, des reflets de bois ciré, des boules de verre coloré et quelques livres reliés.

Annette sortit le pyjama de soie verte ; tout étonnée encore de ne ressentir aucune jalousie. Elle avait perdu un mari, mais retrouvé une copine ; elle n'y voyait que des avantages.

Elle grignota des petits gâteaux, se mit à la fenêtre pour admirer le réservoir en contrebas, d'où montait la fraîcheur. Elle retira ses bas, les passa à l'eau tiède du lavabo. Puis soudain, elle prit conscience que Thérèse était déjà partie depuis un moment.

Il était maintenant dix heures et demie. Elle n'avait pas remarqué l'heure quand son amie était descendue, mais il y avait largement dix minutes. La voiture était pratiquement en bas, dans l'impasse du Progrès. Peut-être avait-elle trouvé un pneu dégonflé ?

Elle attendit encore, écoutant le jazz en sourdine de la radio et examinant les bouquins qu'elle connaissait presque tous.

À onze heures moins vingt, franchement inquiète, elle prit le parti de descendre, laissant tout allumé et les clés sur la porte.

Impasse du Progrès, elle trouva sans peine la voiturette aux reflets ivoirés sous un réverbère. Pas de Thérèse, ni dedans ni aux alentours !

Elle revint lentement sur l'avenue. Les lumières du métro Saint-Fargeau éclairaient l'affreux blockhaus de béton, avec son escalier béant qui s'enfonçait dans les profondeurs et ses cages d'ascenseurs grillagées, où l'on s'étonnait de ne pas voir les voyageurs descendre avec le casque et la lampe des mineurs. Juste derrière, la caserne des pompiers prenait par contraste des allures de château historique.

Annette connaissait ce quartier à fond, depuis cinq ans qu'elle y habitait, mais pour la première fois elle y ressentait l'angoisse et même la peur.

Elle remonta rapidement les six étages… La petite chambre restait aussi éclairée, mais aussi vide avec un petit jazz intellectuel qui lâchait ses gouttes gelées sur le confort soudain inutile.

C'était certain, il venait d'arriver quelque chose à Thérèse ! Appeler au secours ? Mais qui ?… Surtout pas la police ! Appeler le petit Jean-Pierre c'était dérisoire, et d'ailleurs elle ne savait pas où il était. Tout ce qu'elle savait, c'est qu'il fallait faire vite !

Un procureur !

# VIII

Avec la nuit, le vent s'était levé sur la colline.

Au-delà de la porte monumentale, la spiritualité était mise en veilleuse jusqu'aux prochains dimanches. Mais sur la place de Barle et le champ de foire demeuraient les batteries de tinettes et les papiers gras.

Tous les chiens du bourg de Vézelay s'étaient donné rendez-vous pour fouiller dans les ordures, tandis que continuait la musique électrique des deux manèges… Permission de minuit.

Les vrais pèlerins, venus de loin, étaient repartis tôt. Il n'y avait plus que des voitures de l'Yonne et de la Nièvre dont les occupants draguaient dans les restes minables de la fête foraine.

Clovis avait fermé boutique. Mais juste avant de partir, comme il n'avait pas mangé depuis deux jours, il lui vint une brusque fringale.

La nuit était tombée, il ne trouverait plus rien sur la route. Alors il entra au restaurant illuminé, prit un potage, une grillade et un dessert.

On l'avait mis à une table d'homme seul, dans la

pénombre et pas loin des bruits de la plonge ; mais il se sentait mieux, dans la chaleur d'un beaujolais. Il lui semblait que le plus dur était passé, avec ces deux premières journées d'une nouvelle existence.

Il s'en était tenu à l'épreuve la plus difficile, mais la plus payante : ne pas fuir, tenir sa place !

L'horreur de ce qui s'était passé quarante-huit heures plus tôt, il voulait l'oublier.

Ce qu'il fallait faire, il l'avait fait ! Inutile de revenir sur le passé. Et le fait de se cacher en pleine foule avait vidé sa batterie nerveuse, mais en définitive c'était jouer gagnant.

Pendant six mois, un an, ou plus, il ne faudrait changer que très lentement son train de vie, par des achats modestes et une implantation nouvelle.

Cent six millions ! Somme fabuleuse, moteur puissant qu'il allait mettre progressivement en mouvement, en cinq ans, peut-être dix, avec une grande prudence et en évitant le moindre faux pas.

Il avait en somme donné quarante-huit heures à la police pour le cerner quasiment sur les lieux mêmes du crime. Et la police n'était pas venue. Il pouvait commencer à regarder tout autour de lui, ces petites familles qui terminaient leur dîner avant de reprendre la route.

À cela aussi il faudrait songer, sans doute : une femme ! Le passé était mort !

Et c'est à ce moment que le passé lui fit un clin d'œil dans la glace.

Assis au bar, invisible de l'endroit où il se trouvait, mais présent dans un miroir, un jeune gars l'observait.

Quand les regards se croisèrent, l'autre souleva imperceptiblement son verre, en signe discret de connaissance.

Clovis eut un bref hochement de tête, presque un simple tic.

Mais ce n'était pas un client de l'après-midi… Et quand il le situa dans sa mémoire, il se souvint aussi du port de La Rochelle et sentit brusquement la sueur qui lui giclait de tous les pores, comme une buée.

# IX

— C’est le procureur ?

— C’est la permanence.

Durant une seconde, Annette ne sut pas quoi dire. Elle avait facilement trouvé dans l’annuaire le « Parquet de M. le Procureur de la République », avec même un numéro spécial pour la nuit, le dimanche et les jours fériés… Des cas comme le sien étaient donc prévus ?

— Je vous signale que mon amie Thérèse a disparu. Il était à peu près dix heures et demie quand elle est descendue…

— De quel jour ?

— Eh bien… d’aujourd’hui !

— Boudi ! fit la voix d’homme au bout d’un moment, vous ne perdez pas de temps ! Ça fait à peine une heure. Il s’agit d’une mineure ?

— Non, elle a vingt-quatre ans.

— Écoutez, dit la voix légèrement irritée, votre demande n’est pas recevable au téléphone. Vous pourrez vous rendre demain matin au commissariat de votre quartier. On vous donnera la marche à suivre ; si toutefois c'est nécessaire.

— Vous n'êtes pas le procureur ? demanda Annette. C'est très grave. Je veux prendre rendez-vous avec le procureur.

— M. le Procureur n'est pas à la disposition de n'importe qui. Si vous n'avez pas la patience d'attendre jusqu'à demain, faites donc un saut jusqu'au poste de police de votre quartier et expliquez la chose au brigadier... Je parie que vous vous en souviendrez !

— Mais justement, dit Annette, c'est contre la police que je dépose une plainte ?

— Vous déposez une plainte ?

À ce moment, elle entendit tourner la clé dans la serrure, et un petit courant d'air lui fit comprendre que la porte s'ouvrait... Thérèse ?

Elle se leva aussitôt, passa dans l'entrée et se trouva nez à nez avec Lentraille.

Elle crut qu'on la hachait sur place : plus de sang, plus de jambes, plus de tête. Puis, comme une noyée qui tente un dernier effort, elle bondit sur le téléphone et cria d'une voix rauque :

— Au secours !

Lentraille était derrière elle. Il la repoussa brutalement sur le lit, prit l'appareil. Il déclina son identité et son titre :

— Officier de police Lentraille, de la brigade criminelle. Qui est à l'appareil ?

Il reçut la réponse, haussa les épaules.

— L'idiote ! On vient d'embarquer sa copine, il y a une demi-heure... Letellier. Une affaire de meurtre… Oui, l'employé de banque… Je pense que ce sont les nerfs qui craquent. Bonsoir !

Il raccrocha, se tourna vers Annette qui restait inerte, telle qu'il l'avait repoussée sur le lit, et qui le regardait de ses yeux grands ouverts, terrorisée.

En une seconde, il passa de la colère à l'expression de la pitié. Il secoua la tête.

— C'est-y permis d'être conne à ce point-là ! Vous me décevez, ma pauvre Annette, vous me décevez !

C'était peut-être exprès qu'il l'avait appelée par son prénom ? Elle eut soudain la certitude qu'il ne lui arriverait rien de mal.

Dans la bousculade, elle avait été retroussée jusqu'à mi-cuisse. Elle vit qu'il regardait ses jambes nues, et cela lui fit plutôt plaisir.

Était-ce l'éclairage de la pièce, ou le fait qu'il était rouge de contrariété ? Il n'avait plus aucun point commun avec le petit crevé de la veille. Elle voyait le cou, les mains, les épaules d'un gars vigoureux et nerveux : un mâle !

Du regard il lui perçait le ventre, remontait à la poitrine, lui trouvait les yeux… Il dit, très doucement, et sa voix vibrait dans les basses :

— Ça va mieux ?

— Vous avez une façon d'entrer chez les gens !… Qu'est-ce que vous avez fait à Thérèse ?

Elle rajusta sa jupe, mais il continua à la regarder comme si elle était nue.

— Rassurez-vous, votre amie est en sécurité… Qui vous a téléphoné de Vézelay, il y a une heure ?

— Ah ! fit-elle. C'est ça, la table d'écoute ?

Elle n'avait plus peur du tout. C'était comme un courant électrique, elle sentait que ce garçon avait envie d'elle, et elle avait envie de lui.

— Répondez-moi, Annette ! dit-il encore très doucement. On ne peut rien tirer de votre amie ; ne soyez pas stupide comme elle. Vous étiez ici au moment du coup de téléphone ?

Elle ne répondit pas. Elle le regardait, la tête un peu rejetée en arrière, comme si elle était fascinée. Après la crise qui avait déformé ses traits, son visage redevenait rose et doux. Elle restait allongée, à peine relevée sur les coudes, une jambe pendant hors du lit, presque offerte. Et, lucide, elle pensait : « Je suis foutue ! Qu'est-ce qui m'arrive ? »

Sans surprise, elle le vit s'approcher, s'asseoir au bord du lit — ce lit où André avait certainement couché avec Thérèse... Elle sentit la main ferme se plaquer sur sa cuisse. Sa chair eut un frémissement, mais elle ne bougea pas, le regardant toujours dans les yeux.

Il murmura quelque chose qu'elle comprit avec un temps de retard.

— C'est comme ça !

Il se releva comme à regret, se planta devant elle.

— Ce matin, chez vous, je pensais vous trouver seule.

Elle hocha la tête, narquoise :

— Vous, alors !

Il tendit les bras pour l'aider à se relever, et c'est peut-être ce geste qui déclencha tout. C'était chouette, il ne la forçait pas, il la remettait debout, libre de choisir, à égalité.

Elle abandonna une main, puis l'autre, se laissa tirer. Elle se retrouva debout dans ses bras et tout près de l'oreille il murmura encore :

— Là ! Ça va mieux !

Elle sentit son haleine, son baiser tout près de l'oreille, puis sur la tempe, sur la pommette... Et brusquement il lui écrasa les lèvres, la serrant très fort... Un instant, elle resta inerte, puis elle l'étreignit à son tour... Il sentait le métro, ou la vieille pipe, mais c'était bon ! Un homme, au milieu de toute cette horreur ! Et qu'il soit, ou non, l'assassin d'André, ça n'avait plus aucune importance. Il était vivant et fort !

Déjà ses mains lui malaxaient les épaules, la taille, les fesses... C'est quand il chercha à relever la jupe qu'elle se dégagea doucement.

— Oh ! non...

Il n'insista pas. Il était un peu rouge, les yeux brillants.

— Tu vois, ça m'a pris hier dans la voiture... Je n'y peux rien.

Elle restait toute bébête, un peu honteuse... Mais enfin, elle n'avait plus quinze ans.

— Où est Thérèse ? demanda-t-elle.

— Quai des Orfèvres. Si c'est le sens de la question, votre amie n'est considérée ni comme coupable ni même comme suspecte. Mais elle sait quelque chose qu'elle ne veut pas dire, et que nous voulons apprendre.

— Vous la soumettez à la torture ?

— C'est plus subtil que ça ; au niveau de l'inconscient.

— C'est pour ça que vous la compromettez à Avallon, avec une histoire de voiture qu'on aurait vue là-bas ?

Elle regardait malgré elle le papier près du téléphone. Il suivit son regard, vit le nom : Asquins. Il eut un soupir, s'approcha de nouveau d'Annette et lui toucha le front, du bout des doigts.

— Là-dedans aussi, on sait des choses qu'on ne veut pas dire, hein ?

Elle avait le regard fixe. Il l'embrassa de nouveau, une main à la nuque, l'autre caressant un sein dont le mamelon s'épanouissait. Il demanda à voix basse :

— Tu veux ?

Elle eut un petit rire, mais c'était uniquement pour masquer sa défaite.

— Vous, les flics, tout vous est permis ! Comment vous appelez ça, juridiquement ?

— La consommation, dit-il.

Cette fois il ne relevait pas la jupe, mais, au contraire, la dégrafait pour la faire tomber. La petite combinaison de nylon craquait d'électricité sur les cuisses. Elle sentit les mains du gars sur ses hanches, avec les pouces qui dégageaient l'élastique de la culotte…

Les lèvres écrasées, les yeux fermés, elle pensait délicieusement : « Je suis foutue, foutue !… Assassin d'André ? Tant pis ! C'est le plus fort qui gagne ! »

Elle se sentit soulevée de terre, puis couchée sur le lit. Elle refusait d'ouvrir les yeux mais elle avait la respiration oppressée, consentante, impatiente.

Qu'avait-il donc de plus que son mari, ce petit flic ? André n'était cependant pas impuissant, et les gestes étaient à peu près les mêmes, sans fantaisie, droit au but !... Et pourtant, dans la peau, dans le poids du corps, dans l'odeur même, tout était soudain neuf, prodigieusement efficace. Elle ne subissait pas une cérémonie conjugale, elle avait pour la première fois un amant !

Il était tout contre elle, dans elle. Elle l'enlaçait, éperdue, des bras et des jambes, vigoureuse et entièrement donnée ; révélation !

Tumescence et détumescence ; il n'y a finalement pas deux façons d'envisager l'amour. Quand ce fut fini, comme elle reprenait lentement son souffle, les yeux toujours fermés, il lui glissa doucement, surpris lui-même :

— T'as l'air d'être une sacrée amoureuse !

Alors elle le repoussa des bras, soudain rageuse, peinée.

— Méchant ! Sale type ! Sale type !

Toujours sur elle, il lui prit les mains, essayant de rire, cherchant à nouveau ses lèvres.

— Eh bien, dis donc ! C'est plutôt un compliment, non ? T'as honte de jouir ?

— T'es fier de toi ? fit-elle, vaincue et rancunière.

— Pas particulièrement. Des fois ça colle, des fois ça ne colle pas. Nous deux, ça va. C'est un peu comme le facteur rhésus, on n'y peut rien.

— Tais-toi ! implora-t-elle d'une voix rauque.

Il l'embrassa plus gentiment, presque copain.

— Allons, fais pas ta tordue ! Quand c'est bon, c'est bon, et puis on n'en parle plus !

Couché à côté d'elle, il lui caressait plus distraitement les fesses. Plutôt satisfait, déjà soucieux d'éviter le côté grotesque de la sortie, qui vire si facilement à la chiennerie penaude dès qu'on y manque de naturel. Il tira le couvre-pieds sur leurs jambes nues…

Elle était pâle comme une statue, le regard fixé au plafond. Elle dit du bout des lèvres, mais avec intensité :

— Je ne t'aime pas !

— On se fera une raison, dit-il. C'est pas nécessaire, et ça m'évite le baratin.

Il eut un mouvement, comme pour se lever. Elle le retint, vigoureuse et impérieuse.

— Attends !

Il se remit à lui caresser doucement la peau.

— Ça gazait, avec ton mari ?

— Non ! dit-elle aussitôt. Il n'a jamais su me prendre.

— Tu pars pourtant au quart de tour, remarqua-t-il.

Elle lui enfonça les ongles dans les bras.

— Tais-toi !

Il lui lâcha les fesses, lui tapota le front, de l'index replié.

— C'est là-dedans, tu vois !… Des filles dans ton genre, c'est là-dedans que ça se passe !

Le même geste, les mêmes mots qu'André qui lui reprochait sa frigidité… qui lui expliquait que chez des filles comme Thérèse ça se passait au niveau du bulbe, avec une jouissance saine et animale, tandis qu'elle n'était qu'une cérébrale, sa propre spectatrice plus ou moins écœurée… avec un système d'embrayage si subtil que, jusqu'à présent, il n'avait encore jamais fonctionné correctement, patinant tout au plus, toujours retenu peureusement, comme ces débutants des auto-écoles qui ont bien moins peur de la route que de la puissance effarante du moteur qu'ils sentent sous leur pied.

*

Le petit réveil marquait minuit et demi dans la cuisinette.

Annette se recoiffait devant le miroir triple accroché au-dessus du lavabo. Une tête toute neuve, comme aux premiers temps de sa maternité, une impression de plénitude lucide… Jouissance ! Avec un employé de banque, le terme s'en était perdu dans la fadeur des vagues généralités comptables. En bon père de famille, comme ils disent ! À la papa !

Ce n'était pas vrai, pourtant. Elle se rendait compte qu'André avait tout fait pour la révéler : tendre, doux, affectueux, et puis narquois, cinglant, grossier, violent, méprisant et même pervers… Le tour du cadran !

Et qui donc venait de la sortir d'elle-même ? Pas le petit fonctionnaire ridicule, mais l'homme *capable* d'avoir tué son mari !… Ce n'était pas de l'analyse, absolument pas formulé, vérité d'eau dormante, en même temps qu'une profonde satisfaction de vengeance accomplie, contre André et contre la copine…

« Ce qu'on peut être vache, au fond !... » Elle gagnait sur toute la ligne.

Elle entendit l'homme dans la chambre, qui composait un numéro au téléphone. Sa voix était normale, il ne se cachait pas d'elle... Il demanda le « patron », puis, qu'il l'ait ou non au bout du fil, il écouta un long moment, répétant simplement : « Vu ! », ou « D'accord ! »

Elle ne l'entendit pas raccrocher et lorsqu'elle le vit dans l'encadrement, elle demanda avec indifférence :

— Alors, on m'embarque aussi ?

— Pas pour l'instant. Tu vas me servir de témoin.

— Pour quoi faire ?

— Je cherche quelque chose. Le malheur, c'est que je ne sais pas ce que c'est.

— Perquisition ?

— Pas de grands mots. Si tu veux, je ne touche à rien et c'est toi qui ouvres les placards et les tiroirs.

— Vous allez la retenir toute la nuit, là-bas ?

— Je n'en sais rien, mais c'est probable.

— Ça vous est payé comment ? En heures supplémentaires ?

Sans pudeur, sûre d'elle, elle renfilait sa petite pièce de dentelle de nylon qu'elle faisait claquer sur son ventre plat... « Je dois faire très putain ! »

— Tu joues quel personnage ? demanda-t-il froidement.

Elle le défia, droit dans les yeux.

— Et toi ?... Qu'est-ce qui s'est passé exactement, à Avallon, ou à Vézelay ?

Il soutint le regard, palpita un peu des narines.

— Ce qui m'étonne le plus, c'est que Letellier ne t'ait jamais étranglée.

— Oh ! ça ! dit-elle avec force. Il en était incapable.

Il s'approcha, lui souffla dans les cheveux.

— C'est pas beau, ce qu'il y a là-dedans, hein ?

Il était passé derrière elle et se regardait également dans le miroir triple, par-dessus son épaule. Ils se fixaient par le reflet. Il lui avait pris les hanches et caressait le ventre, mais il restait sérieux.

— J'ai l'intime conviction que ta copine n'est pour rien dans cette affaire.

— Et pour cause ! répliqua-t-elle avec intention.

Elle vit le visage volontaire se crisper, le trait de moustache se gauchir et l'œil devenir mauvais.

— Si ça t'amuse… commença-t-il sourdement.

Elle reçut un violent coup de genou dans les fesses tandis qu'il continuait, presque féroce :

— … mais n'exagère pas !

Il passa dans la chambre, la laissant seule, un peu ahurie, matée.

Quand elle revint dans la pièce, il était allongé sur le lit et fumait une cigarette. Il demanda sans la regarder :

— Est-ce que tu crois sérieusement que c'est moi ?

— Sérieusement… ?

Elle fronça les sourcils, cherchant en elle-même avec objectivité. Il se tourna vers elle et la trouva très belle, avec un visage angélique de fille heureuse.

— Tu t'en fous ?

— Nnon… dit-elle du bout de la langue. C'est toi ?

Il secoua la tête, attendri et méprisant.

— Jupon !

Elle était debout à côté de lui, les cuisses à vingt centimètres de son visage.

— Oui, je m'en fous ! dit-elle. C'est pas un crime.

— Qu'est-ce qui n'est pas un crime ?

— Que je me foute de la façon dont il est mort. Il a tout fait pour m'humilier, pour me briser. Je suis certaine qu'il n'aimait pas Thérèse. C'était uniquement contre moi, pour me faire du mal, qu'il venait ici.

— Puissamment observé ! fusa-t-il en lâchant un nuage de fumée.

Il se releva sur un coude, s'installa confortablement contre le dosseret de sycomore.

— Commence par la penderie, ordonna-t-il. Un gars qui vient régulièrement chez sa maîtresse finit par y laisser quelque chose : un pyjama, des chaussons, une vieille pipe…

Elle obéit, ouvrant le placard, déplaçant les portemanteaux sur la longue tige de cuivre.

— Ça rime à quoi ? Tu veux trouver la preuve qu'André est venu ici ? Personne n'a jamais dit le contraire. Thérèse est innocente, et tu le sais parfaitement. Faudra te chercher un autre bouc émissaire.

— Parfaitement ! répéta-t-il… Un bouc ?… Est-ce que Letellier avait déjà essayé de se laisser pousser la barbe ?

— Je ne sais pas, fit-elle, indifférente. Oui, il me semble. Ça ne lui allait pas du tout !

— Surtout à l'état de cadavre, fit froidement Lentraille.

Elle eut un raclement de gorge, écœurée.

— Ah ! ne me parle pas de ça !

— Désolé, chérie, fit le policier, mais j'ai l'impression que tu étais dans le cirage, à la morgue d'Avallon. La face était calcinée par endroits, d'accord ; mais on distinguait quand même quelques boursouflures cornées au menton. Il est incontestable qu'il portait un collier de barbe.

D'abord elle haussa les épaules, puis elle se retourna, soudain blanche et les yeux creux, craignant de comprendre.

— Qu'est-ce que tu veux dire ?

— Simplement te montrer comment les flics font leur boulot. Le plus petit détail compte.

— Mais alors…

— Alors, d'après les collègues de bureau il a été confirmé que : selon les uns, il se négligeait ; selon les autres il commençait à tailler une barbe de huit jours qui atteignait le demi-centimètre. Le fondé de pouvoir lui avait même donné le conseil classique de laisser pousser ça en dehors des heures de travail !

— Il ne m'en a pas parlé dans sa lettre, dit Annette redevenue indifférente.

Il y avait des housses de plastique fermées dans lesquelles Thérèse avait rangé ses vêtements d'hiver.

— J'ouvre ça ?… Qu'est-ce que tu cherches exactement ; des traces de sang ? Le magot ?

— Écrase ! fit-il. Tu ne veux toujours pas me dire qui a téléphoné de Vézelay ?

— Le fils Castagner.

— Qui c'est, celui-là ?
— Un détective privé. Je faisais suivre André.
Lentraille étendit brusquement les jambes.
— Nom de Dieu, c'est maintenant que tu me dis ça ?
Fière de sa supériorité, elle croisa les bras, faisant valoir sa poitrine.
— Mon pauvre vieux, il y a longtemps que votre chef est au courant ! Je ne suis pas responsable s'il n'y a pas de liaison dans vos services !
Pas de cendrier sur la table. Lentraille avait simplement déposé ses cendres sur le petit carton marqué : Asquins ; il les tassa, posa son mégot fumant dessus.
— Intéressant ! Est-ce qu'il suivait ton mari, vendredi soir ?
— C'est toute la question ! Il y a déjà tellement d'assassins possibles qu'on ne sait plus où donner de la tête… Qu'est-ce qui sent le cramé ?
Elle humait, vers la tablette. Lentraille étendit le bras, écrasa de l'ongle le bout de cigarette qui commençait à carboniser le petit carton. En célibataire ordonné, il prit celui-ci, se leva pour jeter les cendres dans le lavabo.
Il revint, regardant l'autre face du carton ; en fait, c'était la photo de Thérèse et André.
— Qu'est-ce que c'est ?
— Justement, c'est le petit Castagner qui les a pris à La Rochelle, dimanche dernier.
Le policier examina la photo sous la lampe. Le mégot brûlant posé au verso avait un peu jauni le centre de l'épreuve, mais on y distinguait très bien les deux personnages.

— Pourquoi La Rochelle ?

— Ça !… Je ne suis pas dans le coup !

Lentraille composa de nouveau un numéro au téléphone et, durant les quelques secondes d'attente, il demanda vers Annette :

— Castagner ?

— Jean-Pierre. C'est un gosse ; il n'a rien fait de mal.

Lentraille dut avoir directement Verdier au fil. Il se nomma et déclara qu'il avait le nom du gars qui… Mais il n'alla pas plus loin, parut estomaqué :

— Ah ! bon !…

Sans savoir pourquoi, Annette se sentit d'un coup impudique, à se promener cuisses nues. Sa jupe était par terre, elle la ramassa, l'enfila, tandis que le policier recommençait sa litanie, à l'appareil :

— Vu !… D'accord !… Vu !…

Il raccrocha. Annette était juste derrière lui, agrafant sa jupe.

— Je peux parler à Thérèse ?

— Non !… Elle est dans les pommes

— Qu'est-ce qu'ils lui ont fait ?

— Ils n'ont rien fait ! répliqua-t-il avec colère. C'est une môme qui a du cœur, c'est tout ! Si Letellier l'avait épousée, elle, il ne serait rien arrivé de tout ça !

Il venait de lui lâcher ce qu'il avait sur le cœur ; il se reprit, évitant de la regarder.

— Excusez-moi. Le commissaire Verdier veut vous voir immédiatement. Allons-y.

Elle était de nouveau blanche, prête à la bagarre pointue, tout en tendons, vieillie de vingt ans.

— Espèce de petit mufle !

Il avait repris entièrement son contrôle. Il balança la tête, neutre.

— D'accord !

— D'accord ! Vu ! D'accord ! se moqua-t-elle... Mais, moi, je ne marche pas au sifflet ! Il sera ravi, votre patron, d'apprendre ce que vous faites avec les femmes ! Les unes, on les calotte ; les autres, on les culbute !

— On les fait jouir ! dit froidement Lentraille.

Les prunelles de la jeune femme noircirent comme sous une injure ; puis aussitôt elle répliqua, suave :

— Jouir ?... Comme une bourrique, sans doute ?... On est prétentieux, avec ça !

— Surtout pas ! dit Lentraille apparemment calme. Aucune prétention ! Ce n'est pas moi qui t'ai fait de l'effet, c'est l'assassin de ton bonhomme !

Et du doigt replié il lui toucha de nouveau le front, la repoussant à petits coups, pathétiquement triste.

— C'est là, là, là ! Ce qu'il y a de pire au monde ! La femelle froide qui bouffe son mâle en commençant par la tête !

Il y avait probablement une douloureuse expérience personnelle pour le pousser ainsi hors de lui. Elle vit qu'il souffrait... Et aussitôt, il eut devant lui une fille très belle, cuirassée, dure et souriante, cent fois mieux armée pour cette lutte qu'il ne l'était lui-même ; habituée, entraînée, en pleine forme dans ce climat inhumain et mesquin de haine conjugale glacée.

— Je crois comprendre que vous avez eu des

déboires sentimentaux, mon vieux ? Je vous pardonne…

Elle frappait sec et juste, droit au cœur, avec la précision diabolique d'un insecte :

— … Avec ce métier minable que vous faites, ce doit être terrible de rater aussi sa vie privée. On cherche des compensations, bien sûr. Faute de plaire aux femmes, on les écrase. Sans aucun risque. Avec l'article je-ne-sais-plus-combien du Code pénal dans sa manche, et la bénédiction de la Société…

Elle comprit, à son regard neutralisé, qu'il avait une longue habitude de ce genre d'averse, avec un petit parapluie intérieur qui s'ouvrait automatiquement. Elle connaissait cette forme d'yeux vagues, chez André… Débrayage de sécurité. Alors il fallait tourner un peu, chercher une autre ouverture pour continuer la besogne de destruction, pour être « la plus forte ».

— Nous poursuivrons cette intéressante conversation dans la voiture, dit-il sans irritation. Vous êtes prête ?

— Je ne suis pas obligée de vous suivre ?

— Absolument pas. Je n'ai aucun mandat, et personne n'a l'intention d'employer la force. Je dois toutefois vous dire qu'il vient de se produire un fait nouveau. M. Verdier tient à vous l'annoncer lui-même.

— On a retrouvé l'assassin ?

Il ignora la froide ironie.

— C'est vous qui avez envoyé Jean-Pierre Castagner à Vézelay ?

— Dans un sens, oui.

— Sans doute pour trouver des preuves, et me confondre ?

— Pour savoir la vérité.

— La vérité ?… Je te conseille de t'asseoir.

Il prit son temps pour lacer ses chaussures, tandis qu'elle restait debout devant lui, très raide. Il lui effleura les jambes.

— Tu te souviens du procureur Chevresse ?

— Pas du tout !

— Mais si, dit-il doucement. C'est l'homme qui t'a posé quelques questions, à la morgue d'Avallon. L'affaire d'accident, ou de meurtre ne nous concerne pas ; elle est du ressort du parquet d'Auxerre. Et les deux types qui étaient avec lui, tu te souviens ?

— Très mal.

— Peu importe. Il s'agit de deux officiers de police judiciaire de la brigade de Dijon.

— Et alors ?

Il prit encore le temps d'allumer une cigarette ; mais au lieu de se mettre à la fumer, il la lui passa.

— Tiens, ça te fera du bien.

Elle secoua la main, refusant :

— Merci.

— Alors, dit-il en se levant, je suis de Vézelay. Ce que tu ne sais peut-être pas, c'est que j'ai passé quatre ans à la brigade mobile de Dijon, où j'ai conservé d'excellents amis.

Il lui souffla de la fumée au visage, souriant et volontairement ignoble.

— J'ai le regret de t'apprendre que le petit Jean-Pierre Castagner vient de trouver la mort, « lui aussi » dans un accident de voiture.

Il l'observa, professionnel. Elle ne bougeait pas, mais devenait diaphane, virant à sa propre statue de cire, prête pour le musée Grévin. Quand la transmutation fut à point, il lui prit le bras, très gentiment.

— Allons, viens !

# X

Éteint, le métro Saint-Fargeau tenait de la coupole de tir géante et de l'abri antiatomique, hideux comme la méfiance du monde.

À une heure du matin, les grilles étaient fermées et l'avenue était déserte dans sa perspective pointillée de réverbères.

La Dauphine grise était garée un peu plus haut, dans la rue Haxo. Le temps d'y arriver, Annette, qui était toujours en jupe-corsage, sentit le froid de la nuit.

— Je peux aller prendre un manteau chez moi ?

Le détour en voiture par la rue de Belleville ne prendrait pas trois minutes ; Lentraille approuva. Mais avant de démarrer, il mit la main sur le bras nu de la jeune femme, tout grumeleux de chair de poule. Il était redevenu gentil, copain.

— Écoute, Annette, c'est trop con ! Ne crève pas de pétoche, je suis là pour te protéger. Je te donne ma parole : ce n'est pas moi, ni aucun policier de ma connaissance.

Elle ne répondit pas, raide comme une chatte qu'on vient de battre, prête à sauter dehors.

— C'est une coïncidence extraordinaire, d'accord ! poursuivait Lentraille. J'ai vu mieux ! prendre le train à Dijon pour Paris et tomber dans un compartiment au hasard sur un gars qu'on cherchait depuis deux ans… Je ne connaissais pas le numéro de la voiture, je te le jure. Le collègue de Letellier m'avait donné une formule, je n'y ai même pas fait attention. J'avais déjà débrayé et je laissais les copains compétents sur place.

Et, comme elle ne bougeait toujours pas, il ajouta sourdement en la relâchant un peu :

— D'ailleurs il y a une raison majeure pour que je n'aie pas touché à Letellier.

Il tourna la clé de contact, alluma ses lanternes et dans la douce vibration du moteur il fut sur le point de parler, mais n'osa pas, reculant devant la possible crise de nerfs.

Comme il passait une vitesse, ce fut elle qui lui toucha le bras.

— Vas-y !

— Ce n'est pas une certitude, dit-il. À la morgue d'Avallon, le travail du médecin légiste a été mal orienté.

Elle dit alors, d'une voix claire comme l'évidence :

— André est vivant !

Il s'engagea dans la côte, roulant doucement en seconde.

— Plus exactement, nous avons fait un pas en arrière. Nous considérons maintenant le corps d'Avallon comme celui d'un inconnu non identifié.

En haut de la côte il passa la troisième en douceur.

— Ça ne m'étonne pas plus que ça !... Remarque que nous n'avons jusqu'à présent aucune certitude. Les mains étaient brûlées et les empreintes n'ont pas donné grand-chose.

Il parlait pour rien ; elle ne l'écoutait pas. Elle était hébétée, dans cette voiture dont elle connaissait l'odeur depuis la veille.

Au coin de la rue de Belleville, il prit le virage sec. Elle fut projetée contre lui et demanda machinalement pardon, tandis qu'il continuait à parler de Letellier, de son dossier d'employé de banque, avec les photos face et profil, les mensurations exactes, la teinte des cheveux et les signes particuliers. En fait, de par sa profession, il était plus cerné par l'anthropométrie qu'un vieux cheval de retour !

Lentraille arrêta la voiture à l'entrée de la villa aux H.L.M.

— Pas une certitude, répéta-t-il. Nous serons fixés cette nuit, ou demain matin, mais...

Juste devant eux, contre le mur on distinguait trois affiches semblables annonçant un tournoi de catch avec ses combats vedettes : l'Ours du Caucase contre le Grand Chef Indien...

— ... mais tu dois comprendre que tu es en danger. Si notre hypothèse est exacte, ton mari a pris la peau d'un autre. C'est à la fois abominable et enfantin ; et c'est peut-être à cause de ça que ça a failli réussir.

Elle ne bougeait pas. Son regard errait sur la tignasse hirsute de l'Ours du Caucase... Lentraille ouvrit la portière, un pied dehors. La voyant pétrifiée, il proposa :

— Veux-tu que je monte prendre ton manteau ?... Donne tes clés.

Elle émergea enfin, sortant de son côté.

— Non, j'y vais.

Il passa son bras sous le sien, comme pour la soutenir, mais elle le repoussa sans humeur, plutôt par fierté.

— Ça ira !

En fait, ça n'allait pas du tout. Ça tournait... Une odeur à peine perceptible montait d'une bouche d'égout. Ça prit soudain une formidable importance, en rapport direct avec l'odeur de la morgue d'Avallon : graillon, corne brûlée, formol et rat crevé.

Elle courut vers le mur, s'appuya des deux mains contre l'affiche des catcheurs et se mit à vomir.

Alors les jambes flanchèrent. Lentraille la rattrapa au moment où elle allait tomber sur les genoux. Et les sanglots arrivèrent en râles hoquetés... La bonde était ouverte ; le genre femme soûle.

Il aurait fallu la porter jusqu'au troisième étage ; Lentraille trouva plus rationnel de la faire asseoir à nouveau dans la voiture... Curieuse fille qui avait crânement supporté la vue de son époux mutilé et carbonisé et qui ne supportait plus de le savoir vivant !

Il lui prit les clés de l'appartement qu'elle serrait dans son poing, lui tapota dans les mains, classique et un peu ridicule.

Il n'avait pas fait exprès de provoquer la crise mais, à l'école de Verdier, il savait que c'était le moment d'obtenir le maximum, dans un total déboutonnage.

Poussant la portière, il fit le tour de la voiture et revint s'asseoir au volant, près d'elle. Il lui passa le bras autour de l'épaule, genre amoureux ; elle s'appuya spontanément contre lui, le visage enfoui ; continuant à sangloter dans son relent de suret de vomissure.

— Là, mon petit ! Chiale un bon coup, ça soulage !

Et il la caressait gentiment, à la fois excité et dégoûté, avec une mauvaise envie de rire en voyant les catcheurs en triple exemplaire qui semblaient les regarder férocement avec leurs yeux en boule de loto.

Poser des questions ? Ce n'était pas encore le moment. Il fallait consoler, mettre en confiance.

— Il s'en est fallu d'un rien ! Le permis d'inhumer était pratiquement signé. Et une fois le corps dans la tombe sous le nom de Letellier, avec une information contre X, c'était un gros point d'interrogation sur mon dossier personnel. Je crois que ça s'est passé comme ça. Comme la femme de César, un officier de police judiciaire doit être insoupçonnable. Le ministère public a réagi en ordonnant un supplément d'information, et mes copains de la P.J. de Dijon en battant les taillis. À leur place, j'en aurais certainement fait autant. Ils cherchaient les traces d'une petite Fiat, ils en ont trouvé à Asquins, à côté de Vézelay… Ça ne signifie rien, sinon qu'à partir de maintenant ton mari a tous les flics de France sur les reins ! C'est devenu pour nous une affaire d'honneur. On ne sait pas encore dans la peau de qui il se cache, mais la chasse à l'homme est commencée !

Les catcheurs roulaient toujours des yeux furibards. Et durant qu'il parlait, les hoquets de la femme s'espaçaient, elle devenait plus calme. Son visage était flaqué de larmes, comme un paysage de pluie. Elle dit d'une voix très basse, tremblotée :

— Mon pauvre André…

Impression désagréable d'avoir parlé dans le vide… Elle pleurait, à peine audible…

— Ce que j'ai été moche avec lui… Pas lui faire de mal… Pauvre grand fou…

Sûr, c'est maintenant qu'elle pleurait un homme qu'elle aimait ! Petite voix perdue, humble, nouvelle crise de sanglots qui faisaient plus mal encore parce que plus réprimés, jusqu'à fuser seulement en petit cri de souris : « Kkkkki ! »…

— Bon Dieu ! dit Lentraille. Je ne pigerai jamais rien aux gonzesses. Ne bouge pas de là, je vais te chercher une pelure.

Il avait en main la clé de l'appartement et il en connaissait la porte. Il hésita un moment avant de partir… Mais il avait sa clé de voiture en poche et la fille ne tenait pas debout.

Il monta quatre à quatre, tourna la clé, rafla un imper et un foulard de soie, referma la porte à double tour et redescendit rapidement.

Il ne s'était pas passé trois minutes, mais lorsqu'il arriva à la Dauphine sous le regard furax des catcheurs, elle était vide.

*

Elle traversa le boulevard en courant. À la station de taxis, il y avait une seule voiture, avec un chauffeur qui lisait un petit fascicule d'images pour enfants.

Elle mit la main sur la poignée, mais la portière ne s'ouvrit pas.

— Minute ! dit le bonhomme. C'est pour où ?

La même moustache que Lentraille mais sur une gueule plus marquée, plus vulgaire.

— Mairie d'Aubervilliers, dit Annette.

Il se pencha pour la détailler. Le fond de l'air était frais ; cette fille aux bras nus, grelottante et les yeux gonflés l'intriguait.

— Ça va pas ?

Il en prit son parti, ouvrit la porte.

À l'intérieur flottait une bizarre odeur de poireaux, mais il faisait tiède. Annette se laissa aller sur le dossier. Au bruit du moteur, elle pensa : un diesel. Puis elle regarda en arrière, comme le taxi démarrait… Rien !

Alors elle ferma les yeux, la tête abandonnée, les mains sur l'estomac. Ça lui était venu brusquement comme une certitude… André vivant, il fallait l'aider. Et la seule personne capable de l'aider maintenant, c'était sa demi-sœur Cécile, de quinze ans plus âgée que lui et son unique parente.

« Ta vieille taupe de frangine !… » Mon Dieu, sur ces cinq années de mariage, ils en avaient bien passé quatre et demie à se bouffer le nez, à se faire mal, à s'amoindrir, à sombrer dans l'injure pénible et vache, dans cette vulgarité profonde du conjugo où, peu à peu, elle avait pris ses aises, ravalée au combat d'insectes dans une confuse mêlée de prises mortelles où la victoire appartient à celui qui lâchera le dernier…

« André l'a dit, ça ! : “Je t'en supplie, Nanie, essayons dc vivre comme des êtres humains. On se fait trop de mal, on loupe notre vie ! C'est pas ça, la vie !…” Là-bas, au cimetière des chiens, il pleurait… “On est en train de se tuer, tous les deux. Repartons à zéro, Nanie, reviens chez nous…” Il m'a prise dans ses bras et j'avais envie de lui. Et durant tout le trajet en taxi comme celui-là, il me pelotait… “On est des jeunes mariés. On recommence tout.” Et chez nous, je pensais que ça allait marcher. Mais je me suis raidie malgré moi, en habitude, je ne me suis pas laissée aller. J'aurais voulu gueuler de plaisir, mais ce n'était pas possible. Parce que si j'avais fait ça une seule fois avec lui, je n'aurais jamais été “la plus forte !” »

« C'est là, là dans la tête que ça se passe ! »

Bien sûr, le petit flic avait raison. Mais ce qu'il ne savait pas, c'est qu'elle avait failli hurler le nom d'André dans ses bras… C'était enfin à son mari qu'elle se donnait !

Elle se croyait fille intelligente et se conduisait depuis cinq ans comme une tordue vulgaire de chansonnette : « Est-ce ma faute à moi, si tu ne me fais pas plus d'effet que ça… ! »

« C'est comme si je baisais une morte », se plaignait André… « Mon pauvre grand, tu m'en as fait voir de belles ! Et finalement, tu avais l'air de me coincer sur toute la ligne, plus dur que moi, plus rapide, plus méchant dans l'injure. Et toi, tu m'as fait cocu, tandis que je restais irréprochable ! Veux-tu comprendre qu'à la fin il ne me restait plus que cette seule prise ! Et que j'ai bien fini par te foutre en l'air ?... Avoue-le, André ! Maintenant, je serai à toi comme tu voudras. Mais avoue donc que je suis la plus forte ! »

Crâne de femme dodeliné sur un dossier de taxi.

Par les boulevards déserts et la porte de La Villette, Aubervilliers n'était pas loin.

Elle fit arrêter un peu avant la mairie, mais elle n'avait pas un centime sur elle. Le chauffeur râlait.

— Je m'en gourais, bon Dieu !

Méfiant, il la suivit dans l'immeuble à l'escalier raide et suintant. Il menaçait de faire du pétard.

Au premier étage, elle sonna longuement, réveillant les aboiements de roquet dans l'appartement. Il pouvait être une heure et demie...

La voix grasse du beau-frère :

— Qu'est-ce que c'est ?

— Annette.

Charles déverrouilla, le pyjama fripé et l'œil vaseux. Il avait l'air d'un vieux sanglier dérangé dans sa bauge, tout en poitrail et court sur pattes, hostile.

— Eh bien, ça, pour une surprise... !

Il examinait le chauffeur de taxi. Annette expliqua qu'elle n'avait pas d'argent ; il devint franchement mauvais.

— Hé ! On se voit rarement, mais ça compte !

Cécile parut à son tour en bigoudis sous un petit

bonnet de plastique, peignoir bleu ciel hâtivement serré d'un cordon. Elle contenait le roquet pour l'empêcher de passer une porte.

— Reste là, Kouki ! Ta gueule !

Quatre bises à odeur de cold cream rance.

— Eh bien, ma pauvre petite, quel malheur !

Cécile pleurait. On aurait pu la prendre pour la mère d'André, femme d'une autre génération, qui avait souffert la guerre et s'était usée en fausses couches.

Elle emmena la petite belle-sœur dans la salle à manger pendant que Charles s'expliquait avec le chauffeur. Ça puait le chien, à vomir ! L'infâme bestiole venait renifler sous les jupes. Annette l'écartait discrètement avec écœurement, tandis que Cécile en larmes racontait comment elle avait appris la chose.

— Vendredi soir, il était dix heures… On sonne. Je vais ouvrir. C'était un inspecteur de police… Apprendre ça comme ça, brusquement… Le petit, c'était presque comme mon gosse. Depuis la mort de sa mère, pratiquement c'est moi qui m'occupais de lui. Alors, apprendre ça d'un seul coup… Y a jamais eu de voleur dans la famille !… Mais pour sa mort, ils ne se sont même pas dérangés ! Tiens !

Elle tendit un journal.

— C'est comme ça qu'on l'a appris ! Brûlé vif sur la route… Mon pauv' 'tit Didi !

Pénible ! Rebécots et concert de larmes.

Rien n'avait changé dans la pièce étriquée. Ce n'était pas forcément de mauvais goût, mais les meubles étaient trop importants, vaste table, chaises, cathèdres, bahut espagnol à cuir rouge et clous cuivrés. Il ne restait plus que d'étroits couloirs pour se tenir debout.

Annette se souvenait de ces fins d'après-midi de certains dimanches d'hiver où l'on allait « surprendre » la belle-sœur d'Aubervilliers dans son odeur de chien, avec les petites amandes salées et la bouteille de Cinzano qui chauffait peu à peu la conversation... Des gens de table, à gros derrière. Cécile se piquait de bonne cuisine à sauces compliquées où dominaient le lait de coco et le poivre de Cayenne.

La boutique était juste en dessous ; petit commerce de dame où Cécile vendait des savonnettes et de l'eau de Cologne. Charles était magasinier chez Saint-Gobain, au milieu des touries d'acide sulfurique dont il avait un peu la forme épaisse, avec des bras courts écartés comme des anses.

C'est lui qui racontait maintenant la soirée du vendredi, l'arrivée de l'inspecteur, l'interrogatoire. Il appelait ça la « danse ».

— ... Comme s'il croyait qu'on planquait les fafs ! La danse a duré jusqu'à minuit. Il ne me le demandait pas, mais j'ai ouvert tous les placards, et puis la boutique et même le garage ! Une danse comme ça, ça fait bien dans le tableau, auprès des voisins !

Il ferma la fenêtre pour qu'on reste entre soi, dans ce vieil immeuble à cour étroite. Cécile, séchant ses larmes, devenait déjà plus vacharde pour la jeune belle-sœur.

— Mais enfin, ils ne t'ont pas inquiétée, toi ? Tu ne vas pas me dire que tu n'étais pas au courant ?

— Je ne savais rien, dit Annette.

— Mais qu'est-ce qui lui est passé par la tête ? glapissait la frangine. Un gamin qui n'aurait fait tort d'un sou à personne ! Ah ! moi, je suis franche, ma petite ! D'ailleurs, je l'ai dit à l'inspecteur : ç'a été un grand malheur qu'il s'amourache de toi !

Annette n'écoutait pas, désespérée. Elle avait toujours méprisé ces gens à odeur de chien quinteux, aux yeux éteints soulignés de poches d'albumine. Elle les considérait d'ailleurs comme des vieux, et Cécile lui avait toujours fait l'effet d'une belle-mère. Vraiment d'un autre âge, bouclés dans un confort étroit et une morale bornée, suivez-la-direction-de-mon-regard vers le roquet puant :

— C'est plus intelligent et plus honnête que bien du monde, ça ! Hein, mon Kouki ? Ça ne volerait pas un sucre sur la table, tant que ça n'a pas la permission !

— Écoutez, dit Annette excédée, c'est pas tant qu'il ait pris les millions... Pour le prix que ça lui était payé, l'honnêteté ! Pouvoir vivre dans un clapier, se farcir le métro et la cantine...

— Eh bien, avec des conseils comme ça, c'est pas étonnant qu'il ait fait sa saloperie !

— Mais voyons, Cécile ! C'est pas moi qui disais ça, c'est lui ! Vous avez l'air d'être outragée parce que votre frère a volé de l'argent, mais, moi, ça ne me fait ni chaud ni froid, d'être femme d'un voleur !

— Malheureuse ! dit Cécile, dramatique. C'est à cause de toi que... Il allait te rejoindre, avoue !

Il semblait à Annette que l'horloge était en retard

d'un siècle. Dans un spasme de désespoir, elle avait pu croire un instant qu'André vivant viendrait chercher secours auprès de son unique parente. Elle avait un fond de souvenir inconscient d'une Cécile-maman, femme d'âge, d'autorité et de conseil, mais la Cécile en bigoudis avait l'air d'une caricature, avec son Charles-crapaud aux yeux morts et aux tristes bajoues... Des vieux !

— André est vivant ! fit-elle d'une toute petite voix.

Les mots traversèrent un siècle pour atteindre l'autre génération. Cécile réagit la première.

— Qu'est-ce que tu dis ?

— Vous m'avez comprise, dit Annette. Voilà bientôt quarante-huit heures que je baratte avec les flics. Les questions de morale, je m'en cogne ! André a embarqué les millions, y a pas de quoi en faire un plat ! Pour vous, c'est un voleur, il est mort : l'honneur de la famille est sauf !

Elle sc leva, jugeant soudain ridicules ces deux têtes de guignols encadrées dans l'apparat des hauts dossiers à colonnettes.

— Il est vivant ! C'est ce que je suis venue vous dire... Et ce n'est pas seulement un voleur, c'est un assassin ! Le corps de la morgue d'Avallon, ce n'est pas lui ! Il a tué quelqu'un pour se mettre dans sa peau, et il a tué un gamin qui était au courant ! Voilà !... Et la police le sait ! Et tous les flics sont sur lui, et il est tout seul !... Alors, pour moi, c'est ça, la Morale : qu'est-ce que vous allez faire, maintenant, si jamais il vient frapper à votre porte ?

Cécile s'était vidée de sang, visage desséché de

Supérieure de couvent, collée raide au prétentieux dossier Louis XIII de Faubourg-Saint-Antoine. Charles, au contraire, violaçait.

— … l'est folle !

— Non ! dit Annette à bout de nerfs. Moi et André, on allait se quitter. Pratiquement, je ne suis rien pour lui ; il est juste le père de mon enfant. Mais vous, les vrais parents, on ne vous a même pas demandé d'aller reconnaître le corps. On est venu vous voir, on a vu que vous êtes rangés des voitures.

— Hé ! dit Charles. T'es chez moi, ma petite !

Elle s'adressa directement à Cécile.

— Croyez-vous que je viendrais en pleine nuit vous dire une chose comme ça, si c'était pas vrai ?

La vieille frangine était rétractée, les yeux fixes.

— Tu… Tu n'as pas reconnu le corps ? Mais alors qu'est-ce qu'ils disent dans le journal ? C'est honteux !

— Si, j'ai reconnu le corps !

Elle avait presque crié. L'infect roquet se dressa, museau plissé, grondant, montrant ses chicots puants de bête à sucre.

— Vous n'avez jamais vu une tête carbonisée, continua Annette. C'est atroce ! C'est comme un gigot brûlé qui aurait des dents… C'est noir par endroits, ça fait de la mousse et des boursouflures…

— Haa ! fit la frangine.

Elle tournait de l'œil.

— Bon Dieu de vacherie ! gueula Charles en se levant. T'avais bien besoin de raconter ça !

— Mais c'est pas lui! s'obstina Annette. Je vous dis que ce n'est pas lui !

Charles flanquait des petites baffes à sa femme, tout en hurlant vers la belle-sœur :

— Mais cherche donc de l'alcool dans le buffet ! Rends-toi utile !

Annette ouvrit le bahut sur la vaisselle empilée. Elle ne savait pas où étaient les choses, bien sûr, sortant à tout hasard l'apéritif du dimanche et le petit compotier aux amandes salées, préparés pour les visites imprévues. Charles à odeur de sanglier la bouscula pour prendre plus au fond une carafe ambrée…

Cécile, les bras à plat sur la table, gémissait comme une vieille femme, imitée par l'ignoble roquet.

— C'est pas lui ! répétait Annette. Sur le moment, j'y ai cru, à cause de sa montre et son veston… J'y ai cru, et les flics aussi.

Et brièvement elle raconta tout ce qu'elle savait : les cent millions envolés, comment elle faisait suivre André, pourquoi elle avait cru que c'était un policier qui avait fait le coup…

Cécile buvait du rhum dans un petit verre ; mais Charles n'en offrait même pas une goutte à la jeune femme. Ils avaient l'air outrés, justiciers terribles. Cécile avait trouvé un visage de gorgone.

— Ça va comme ça ! Il ne te suffit pas d'avoir tué ton mari, il faut que tu insultes sa mémoire !

— Mais je n'insulte pas…

— Tu prétends qu'André est un assassin et tu ne l'insultes pas ? Ça ira loin, ma petite !

— Mais ne soyez pas bêtes, dit Annette.

— M'en vô lui fout' mon main su' l' gueule ! menaça Charles en retrouvant un accent de natif d'Arras, chef-lieu du Pas-de-Calais. T'aurais-t-y des preuves des saloperies que tu dis ?

— Aucune, dit la jeune femme. Mais c'est comme si je le savais depuis toujours. Ça s'est éclairé d'un seul coup !

La bouteille de Cinzano et les amandes salées lui ravivaient la mémoire.

— Ici même, André l'a dit devant vous ! Il se disputait avec Charles, il l'appelait « syndiqué de mes deux » ! Il disait que les sauvages sont beaucoup plus avancés que nous, et qu'il faut boire dans le crâne d'un ennemi pour être un homme !... Il disait qu'on vit dans un monde de vieux mouflets décatis. Rappelez-vous, Charles ! Vous avez répondu qu'il raisonnait comme un sale fasciste. Et il a dit, là, que les bons sentiments c'est pour l'usager du métro, l'employé de banque et le magasinier syndiqué ; mais que le vrai respect du monde c'est pour les rares qui ont le courage de se battre et se tailler la peau de quelqu'un pour devenir un homme ! Rappelez-vous donc !

— Mais enfin, ma petite, c'est des mots, tout ça !

— C'est ce que je croyais : un cause-toujours ! Seulement ce qu'il a dit, il l'a fait !

Comment leur expliquer, à ces engelures ? Ce qu'elle savait maintenant ce n'était ni par l'imagination ni par le raisonnement. La vérité avait mis presque une journée pour l'impressionner, comme la pellicule qui reçoit la lumière d'une lointaine nébuleuse. Tous les éléments lui avaient été fournis par Lentraille, par Verdier, par Thérèse, par les Castagner… Et c'est l'annonce de la mort du petit Jean-Pierre qui avait fait office de révélateur…

Les photos ! Mais oui, bien sûr !

Il fallait maintenant aller jusqu'au bout, retrouver la piste très vite, plus vite que la police.

— Aidez-moi ! supplia-t-elle. C'est votre frère, après tout ! On ne va pas le laisser se battre tout seul dans le noir ! Il faut faire quelque chose pour lui !

Le coup de rhum avait redonné des couleurs à Cécile. Elle se leva, le doigt tendu comme en plein réquisitoire.

— C'est toi la responsable, ma petite ! Je dirai tout, tu m'entends ! Tu nous as toujours méprisés du haut de ton baccalauréat, parce qu'on est des ouvriers…

— Mais c'est stupide ! protesta Annette.

— Oh ! oui, c'est stupide ! renchérit la frangine. Tu t'es crue toujours très maligne, mais tu n'es qu'une imbécile prétentieuse. Le petit n'avait peut-être que son certificat d'études, mais il était cent fois plus intelligent que toi !

— D'accord, dit Annette.

— Non, pas d'accord ! Tu n'es qu'une petite bourgeoise gâtée, avec une mère pleine de fric qui t'a toujours montée contre nous !

Le déballage de linge sale ! C'était bien le moment !

Malgré elle, Annette essaya de remettre les choses au point.

— Maman ne m'a jamais rien dit contre vous… Et puis elle est loin d'être pleine de fric.

— Allons ! Elle me l'a balancé en pleine figure que sa fille pouvait espérer beaucoup mieux qu'un employé de banque ! Et toi-même, tu t'en vantais ! Tu n'avais qu'à siffler dans tes doigts pour faire coucher à tes pieds je ne sais plus qui, des médecins, des architectes… Y en a combien qui t'ont sautée, hein, petite salope, avant que tu trouves la bonne poire ?

Ça devenait immonde… Pourquoi donc être venue là, dans ce petit logement à chien où elle se savait d'avance l'ennemie ?

Il y avait d'ailleurs une part de vérité, dans ce que disait Cécile. Durant toutes ces longues années elle n'avait eu qu'une arme à sa disposition, unique, mais terriblement efficace… La matraque quotidienne, souvent feutrée de gentillesse, mais qui frappait toujours au même endroit : « Tu es un minable, un minable, un minable… »

— Petite salope ! continuait la frangine. Je ne peux pas dire qu'il se confiait à moi ; c'était un gamin qui ne se livrait pas… Mais avant de te connaître, il était gentil, content de vivre… Et, toi, tu étais toujours fourrée au coiffeur. Et le théâtre, et les sports d'hiver, et la voiture, et la villa pour les vacances ! Tout ça sur une seule paie, parce que toi… C'était trois semaines dans une boîte, deux mois dans une autre : juste le temps de s'amuser un peu avec les mâles !

Cécile vidait son cœur et ça sentait mauvais. Annette tenta de se justifier, sans y croire.

— J'ai essayé de lui donner de l'ambition.

— De l'ambition ? Eh bien, tu y as réussi, petite

ordure ! On appelle ça comme ça, maintenant ? Lui faire voler l'argent de la banque et même lui faire assassiner les gens, à ce que tu nous dis ! Tu n'as pas honte ?

Puis Cécile tourna brusquement à la folle furieuse. Le petit frangin voleur et brûlé vif, elle l'avait supporté. Mais l'entendre traiter d'assassin… Non !

Harpie ! Avec l'œil soudain noir et fixe, le nez blanc en forme de bec et les serres projetées en avant ! Harpie en bigoudis, circonstance aggravante !

Il y eut un bruit de chaise basculée. Cécile se précipita, inhumaine, empoignant la petite belle-sœur aux cheveux.

— Saleté ! Saleté !

Et griffant, et cognant, tandis qu'Annette se protégeait dans ses bras repliés. L'autre s'acharnait féroce, sur la soie du corsage, trouvant d'instinct le sein à meurtrir, l'épaule à labourer, le cou à serrer.

La petite se mit à hurler. Charles ceintura sa furie.

— Reste trinquille donc ! Te mets point dans tin tort !

Le clébard aussi donnait de la voix, tournant à toute vitesse autour de la table avec des aboiements térébrants et furieux. Cette fois, tout l'immeuble devait être réveillé !

Charles enleva sa bonne femme à l'autre bout de la pièce, finissant de bousculer toute la rangée de chaises… Un vrai bowling !

Ça gueulait ! Cécile piquait une crise de nerfs, criant sur le mode suraigu :

— Je vais la finir ! Fous-la dehors !

Annette dégagea lentement sa tête de ses bras, comme un poussin qui brise sa coquille. Elle était stupéfaite de cette crise de haine furieuse, mais plus étonnée de se sentir elle-même très calme, parfaitement maîtresse de ses nerfs, avec le même objectif devant elle, comme un navire puissant qui subit la tempête sans changer de cap.

— Allez, fous ton camp ! dit Charles.

Il n'en était pas question. Elle reprenait lentement son souffle. Tout un côté du chemisier avait été arraché et pendait, dégageant une épaule... Elle était belle. Charles y fut sensible ; inconsciemment.

— Sera pas dit qu'on te laissera partir avec rien su' l'cul ! Arrange-toi donc !

Il était chez lui et il avait le courage lourd et lent des forts travailleurs. Il prit la situation en main, reversant un verre de rhum à sa femme et en poussant un autre vers la petite belle-sœur.

— Et tâchez moyen de taire vos gueules, nom de Dieu !

Il disait ça à tout le monde, mais s'en prenait surtout au Kouki qu'il refoulait dans la cuisine à coups de pied.

Annette fixait à l'autre bout de la table la vieille femme en crise qui tremblait et claquait des dents, pitoyable.

La douleur se précisait peu à peu, au sein malmené, à l'épaule griffée. La jeune femme vida alors son verre d'un coup... Un petit rhum de pâtisserie sans force, à arrière-goût de mélasse.

Elle murmura merci dans le complet silence. Charles la regardait en homme, presque attendri.

— Te voilà-t-y plus raisonnable, maintenant?

Agressée, battue... Mais elle fit oui de la tête.

— Vous en savez autant que moi, à présent. André est vivant. À mon avis, le plus moche ç'aurait été de garder ça pour moi, non?

— Mais qu'est-ce qui te fait penser ça?

« Les photos ! »

Elle désigna le dessus du bahut.

— Là, il y avait une photo d'André.

— Non, dit la sœur.

Elle avait l'air de la contrer exprès, c'était puéril.

— André était debout à contre-jour, et derrière lui il y avait une péniche. Je vous en prie, montrez-la-moi.

Il y eut un silence. Charles et Cécile étaient intrigués. La sœur dit, comme à regret :

— Il nous l'a reprise au mois de juin. Il a dit qu'il voulait la faire agrandir.

— La détruire, dit Annette en accusant le coup. Mais ça me confirme ce que je pense.

Et elle supplia :

— Le nom de la péniche, s'il vous plaît? Vous avez eu le temps de le lire, sur cette photo. Est-ce que vous vous souvenez?

Par contraste avec les coups de gueule précédents, le ton était devenu confidentiel. Ils s'étaient rapprochés tous les trois, quasi complices.

— Mais, dit Charles, y a pas de péniche, ma petite.

— Si ! dit Annette. Rappelez-vous, c'est une photo coupée en deux. Et l'autre partie, je l'ai connue. André était sur la passerelle de la péniche, en train de se faire des signes à lui-même, comme pour s'inviter à entrer. Il disait qu'il avait un frère jumeau, vous vous souvenez ?

Souvenir vague, qui datait de plusieurs années.

— C'est moi qui fais la réception des flûtes sur le canal de l'Ourcq, dit Charles. Je sais reconnaître une péniche d'un ponton ! Sur la photo, il y avait un ponton de ciment, avec une baraque en fibro. Une péniche, ça navigue. Un ponton, ça ne navigue pas, ça reste à la berge et c'est le bout du monde pour lui faire faire cent mètres.

Alors brusquement, Annette se rendit compte qu'elle savait tout, et qu'elle n'avait plus besoin de ces engelures. Surtout pas !

— Qu'est-ce que c'est que cette histoire de péniche ? demanda Cécile.

— Je ne sais pas... Je me fais des idées. J'ai vu le corps d'André à la morgue d'Avallon et je ne peux pas admettre qu'il soit mort... Je dois devenir folle. J'étais presque certaine de le retrouver ici.

— Pourquoi ici ?

— Je suis crevée, dit Annette. Je voudrais rentrer chez moi et dormir.

Il ne fallait plus perdre une seconde... Demain il serait trop tard : mais cette nuit elle avait encore sa liberté d'action. Ce qu'il lui fallait maintenant, c'était une voiture, et déjà elle savait laquelle.

— Excusez-moi, Charles, mais je ne vais rien trouver à cette heure-ci. Est-ce que vous pourriez me ramener chez moi ?

Elle avait vu qu'il regardait son épaule nue... Elle prit un air de pauvre gosse battue, s'humiliant plus encore vers la belle-sœur.

— Je vous remercie, Cécile… Ça m'a fait du bien, de m'entendre dire mes vérités.

La sœur fut magnanime.

— Allez emmène-la, Charles. On reparlera de tout ça demain.

— Ça m'a prise comme un cauchemar, s'excusa encore Annette. Je l'ai vu vivant, ici, chez vous… Je deviens folle !

Elle jouait le petit oiseau brisé, un peu hagarde… C'était parfait.

Charles passa simplement un pardessus sur son pyjama et enfila ses chaussures. Annette ne pleurait pas, mais restait prostrée, répétant doucement :

— Qu'est-ce qui m'a prise ? J'ai pourtant reconnu sa pauvre tête, là-bas…

Elle remercia à peine lorsque Cécile lui mit un vieil imperméable sur les épaules, deux fois trop large et puant tous les parfums de la boutique.

Elle se retrouva au garage. Charles sortit la 403 de la courette, ouvrant la portière au passage.

— Allez, monte !

Tout dépendait maintenant de la façon dont elle ferait son numéro. Juste devant l'immeuble, elle lui prit le bras.

— Mes clés ! Je les ai laissées là-haut !

— Tu es sûre ?

— Je n'avais que ça en main.

— Alors grouille-toi ! dit Charles. Remonte en vitesse !

Ça ne faisait pas l'affaire.

— S'il vous plaît, dit-elle, je n'ose plus revoir Cécile. J'ai honte.

— Merdouille ! fit Charles dans un soupir.

Elle était suspendue au geste qu'il allait accomplir. Il ouvrit sa portière sans couper le moteur.

— Où ça, tes clés ?

— Sur le coin du bahut.

La porte de l'immeuble s'ouvrit dans un déclic et Charles disparut dans le noir du couloir. Annette attendit encore quelques secondes pour qu'il monte l'escalier, qu'il arrive au premier. Puis elle se mit au volant et démarra.

# XI

La voiture de Charles n'était ni bien belle ni bien neuve, mais elle roulait encore sans trop fatiguer.

Il devait être entre deux et trois heures du matin ; l'autoroute du Sud était un désert. Lorsque Annette quitta l'alignement des grands lampadaires elle prit une allure modérée pour ménager le reste d'essence.

Les ponts coupés !

Quoi qu'il arrive, il était probable que Charles et Cécile ne lui pardonneraient jamais.

Elle voyait maintenant tous les faits dans leur ensemble. Assurément, d'autres en savaient beaucoup. Thérèse, notamment, qui ne passait pas très loin de la vérité, et le petit fonctionnaire Lentraille qui avait une certaine capacité de déduction.

Ce qu'avait fait André était colossal, mais maladroit. Et le plus imprévu, c'est qu'il avait fait d'elle une autre femme, brusquement redevenue fille d'autre époque et d'autre monde, avec le sang et l'audace de son arrière-grand-père Maloin, vieux Malamock des lointaines aventures océanes et des « pour savoir qui… qui… qui serait mangé… ».

Oui, elle savait tout, maintenant. Et, sans le vouloir, Charles lui avait indiqué le lieu où se trouvait André.

Cela avait commencé à deux ans de là, sur cette même autoroute. Une rentrée de nuit, horrible, avec le mari hargneux, brutal, grossier, tandis que le petit Michou pionçait dans les bras de sa mère… Les joutes sur l'eau; retour de Saint-Mammès… Tout un long après-midi d'attente où, en fait, André avait pris contact avec un photographe ambulant à silhouette longue qui lui ressemblait.

Ça ne pouvait pas s'expliquer. Et tout ce qui s'était dit n'avait guère qu'un arrière-goût de fugue : « Partir sur les routes… sans le poids d'une famille… Une saison avec un gars comme ça… Photo-minute et liberté… »

L'idée, l'idée atroce, n'était peut-être pas venue tout de suite. Mais il était certain qu'André avait dû revoir le photographe qui lui ressemblait… Plusieurs fois. Elle avait des points de repère. Notamment les photos double-exposition qu'il exhibait dans les moments de détente… Et puis ses réflexions incompréhensibles, sa soudaine « philosophie » des nécessités d'une métamorphose totale… Durant deux longues années, l'idée avait cheminé en lui : prendre les liasses de la banque, fuir, et changer de peau !

Pauvre André, travailleur tenace, avec ses cours de droit et de fiscalité, « pour s'en sortir » ! Avec son judo, ses mystères, sa maîtresse, et qui n'avait finalement jamais rien vu, jamais vécu ; ne sachant même pas, sans doute, qu'il suffisait de traîner deux heures à Pigalle pour trouver des marchands d'identité.

Prendre la peau d'un homme ! Il avait dû préparer ça méticuleusement durant des mois, multipliant les contacts clandestins, se faisant lentement un ami du gars qu'il voulait tuer, apprenant à connaître ses habitudes, partant avec lui pour s'exercer sur quelques foires perdues…

Il avait tout amorcé, sans rien dire à personne. Et, une ou deux fois déjà il avait failli passer à l'action. Elle pouvait le resituer dans le passé : vers la fin de l'année précédente, puis au début avril. Ces deux fois-là il était encore plus nerveux, instable, avec une tête de malade ou d'évadé parce qu'il se laissait pousser la barbe.

Thérèse ? C'était tout au plus un prétexte. Il n'y avait pas une chance sur un million qu'il l'ait mise au courant, mais il était allé avec elle vers Avallon pour situer le lieu exact où il pourrait simuler l'accident, il était parti pour Royan et La Rochelle, moins pour la voir que pour prendre un ultime contact avec le photographe « grand barbu à chemise écossaise » qui opérait là-bas.

C'en était si criant qu'elle s'étonnait que les autres n'aient pas aussi pris la piste. Il fallait le prévenir au plus vite, comme un pirate qui se croit à l'abri sous un pavillon déjà grillé.

Depuis qu'elle avait réalisé cela, il lui semblait que la vie valait la peine d'être vécue.

À Fontainebleau, elle prit la route de Moret. L'angoisse lui pinçait l'estomac, moins du fait qu'elle allait revoir son mari qu'à constater qu'elle était sans un centime et bientôt à court d'essence.

Elle traversa la petite ville endormie entre ses

portes monumentales, passa plus loin sous le viaduc ; l'angoisse devenait tremblement malgré les vitres closes, le chauffage et l'imperméable parfumé.

Saint-Mammès ! C'était comme un coup d'intuition. Sans vraie raison d'être là plutôt qu'ailleurs.

Elle traversa lentement le village mort, tomba sur le feu orange d'un pont à voie unique. C'était la Seine.

Quelques rares lumières dans la nuit, perdues au bout de longues perches, formaient des halos comme une peinture à la Van Gogh. Elle avait vu cet endroit dans l'animation d'une fête foraine, avec un bal et des manèges ; elle ne reconnaissait rien.

Elle roula lentement dans le petit brouillard fluide. Cela formait un univers limité, mouvant, presque féerique, avec des nappes argentées plus épaisses par endroits, qui irisaient à la lueur des phares ; aurores boréales du pauvre.

Le port s'étendait sur quelques centaines de mètres le long des quais de la Seine et du Loing, avec des chalands amarrés dans les ténèbres.

La mince brume effaçait les contours et collait au pare-brise. Juste au confluent elle quitta la route pour suivre la berge au plus près, mais elle faillit heurter plusieurs fois des bittes et des filins.

Elle suivit le quai du Loing jusqu'à l'écluse, mais il n'y avait pas trace de ponton et sur le chemin de halage, il était difficile de faire demi-tour.

Elle arrêta la voiture un peu plus loin, au bord de l'eau. Elle éteignit et se retrouva en vase clos dans l'odeur de Cécile, prête à crier de peur. « André, si tu voyais ce que je fais pour toi !… »

Elle sortit au bout d'un moment dans l'air humide et froid qui sentait le radoub, le goudron : la batellerie. Sur l'autre rive on distinguait vaguement les membrures d'une péniche en réparation sur un chantier.

Elle entendit le roulement sourd, puis elle aperçut les lumières du train qui passait sur le viaduc, chenille luminescente au-delà de la brume, qui grondait en tonnerre avant d'être absorbée par un bouquet d'arbres.

Elle revint vers la Seine, suivant l'eau noire. De l'autre côté du chemin il y avait des petits pavillons à jardin, des cafés guinguettes, des hangars à canots, avec l'odeur de friture du dimanche qu'on venait à peine de quitter.

Elle retrouva l'écluse endormie, le bruit de cascatelle, avec un brouillard plus épais qui piquait la gorge. Elle revit les chalands au confluent, amarrés parfois sur deux rangs dans un clapotis faible, une odeur dc roseau, de vase et de mazout.

Elle lut les noms, difficilement, aux vagues lueurs des rares lampadaires : *Hématite... Cause-Toujours... Anna... Tantale... Coco II...*

Les mâts de charge déchiquetaient en noir le ciel de nuit. Il fallait lever haut le pied pour enjamber les filins. Elle avait l'impression de côtoyer un monde grouillant de rats, de bêtes fouisseuses et nageuses raclant de la dent un paradis de détritus.

Mais pas de ponton !

Ce qu'elle venait de faire en voiture lui paraissait interminable, à pied. Elle se retrouva dans le village même, avec la Seine d'un côté et de l'autre l'alignement des boutiques blêmes et des petites maisons d'un étage.

Un instant elle se crut très loin, à Barfleur où elle avait passé des vacances d'adolescente avec sa mère. Et cela lui fit songer qu'elle avait un enfant... Elle fut stupéfaite de l'avoir complètement oublié, depuis bientôt quarante-huit heures.

« Mais qu'est-ce que je suis donc ? Ni épouse ni mère ! »

Le seul objet flottant qui pouvait ressembler à un ponton se trouvait près du pont. C'était comme un dock distributeur de mazout pour les chalands, avec trois citernes passées au minium gris.

Ce village d'eau, mort dans la nuit, commençait à lui faire peur. Le pont avait été détruit pendant la guerre et n'avait pas été reconstruit ; c'était une simple passerelle de bois à vitesse limitée.

Elle s'y engagea sur un trottoir de planches, dominant la Seine dans un brouillard plus dense qui escamotait les rives.

« Je ne verrai rien avant l'aube. »

Elle distingua néanmoins les feux d'une voiture sur l'autre bord ; lueur mouvante, jaune à l'avant et rouge à l'arrière comme le point chaud d'une fusée.

La voiture vira à l'entrée du pont. Elle vit le double halo des phares qui pointaient. Elle entendit le bruit des planches disposées en chevrons, comme une suite de chocs de wagons dans une lointaine gare de triage. Hébétée, elle vit venir sur elle la lumière bringuebalante. Elle pensa revenir en arrière, mais elle n'aurait pas le temps de regagner la berge avant le passage de la voiture. Le seul moyen de ne pas paraître suspecte était de ne pas avoir l'air de se cacher.

Elle avança sur le trottoir de bois, la main à la rambarde, tournant la tête pour ne pas être éblouie.

La voiture passa contre elle ; c'était un camion. Elle se retrouva dans le noir et au même moment elle entendit le frein qui pilait. Alors seulement elle jeta un coup d'œil sur la camionnette, une guimbarde de forain, à l'arrière illuminé par le feu-stop, avec une plaque ternie de poussière :

R. CLOVIS<br>*forain*<br>*St-Mammès (S.-et-M.)*

Annette s'était arrêtée, dos à la Seine. Elle pensa : c'est lui ! mais fut incapable de faire un pas. Elle vit la portière s'ouvrir, à peine à trois mètres d'elle.

— Madame !...

Ce n'était pas la voix d'André. Elle ne répondit pas. Alors la portière se referma et la camionnette roula lentement en arrière jusqu'à la prendre à nouveau dans la lueur des phares.

Elle ne bougeait pas, éblouie, respirant très vite. Et sa pensée allait mille fois plus vite encore : « La Police ?... L'Autre ?... »

La voiture ne reculait plus. Cela lui parut interminable dans l'éblouissement, puis la voix d'André s'éleva :

— Allez, monte !

Et, comme elle approchait, il ajouta d'un ton furieux, mais à voix basse :

— De l'autre côté, gourde !

Elle traversa la chaussée de bois devant les phares, monta dans la cabine. À la lueur du tableau de bord elle distingua l'homme au volant, barbu, les traits creux, visage de Christ avec une canadienne crasseuse qu'elle ne connaissait pas.

Il y avait une odeur d'essence chaude, de sueur lourde et de corps pas lavé.

— Ta portière ! aboya-t-il sourdement sans la regarder.

Elle claqua sa porte. Il redémarra, continuant à rouler sur les planches. À l'extrémité du pont il demanda seulement :

— Qu'est-ce que tu fous là ? T'es toute seule ?

Elle avait la gorge serrée, incapable de répondre. Elle lui toucha le bras, puis laissa aller sa tête contre la canadienne qui sentait le rance. Elle entendit qu'il grognait :

— Ça, alors !

Il avait une odeur de fauve. C'était autre chose que la crasse du vêtement, ça venait de lui, c'était chaud, organique et puissant : une odeur de gladiateur, de guerrier qui vient de combattre et qui rentre vainqueur… Et elle, la femme, se sentait toute petite et n'avait rien à dire.

Il l'écarta d'un mouvement d'épaule, mais sans brutalité. Alors elle resta en arrêt devant ce profil tendu ; c'était lui, et ce n'était pas lui… « Il faut que vous naissiez de nouveau ! » Les uns choisissent la religion, la puissance ou la création ; il avait choisi le meurtre et ça revenait au même. L'homme mort, c'était lui.

Il répéta sa question, irrité, à bout de fatigue.

— T'es toute seule, oui ? Comment as-tu trouvé ?

— Je suis avec toi, dit-elle. Fallait que je te prévienne. Ils vont trouver aussi. C'est une question d'heures, peut-être de minutes.

Il conduisait lentement, s'engageant sur la gauche au long du fleuve, dans cette même lueur jaune à aurores boréales fugitives.

— Tu me faisais suivre ?

— Oui.

— Sale peau de vache ! grogna-t-il avec rancune.

« Il peut me tuer. Il est *capable* de me tuer. Mais je m'en fous, ma place est ici, près de lui. C'est mon homme ! »

— Thérèse est au Quai des Orfèvres, elle va lâcher le morceau d'un moment à l'autre. C'est peut-être déjà fait !

— Elle ne sait rien !

— Moi non plus, André, je ne savais rien. Et puis tu vois, je suis là !

Le visage torturé qu'on aurait cru fait avec des cordes surgissait peu à peu de la nuit. Elle remarqua alors la croûte de sang à la lèvre supérieure, elle entendit la respiration sifflante. Avec l'accoutumance elle distingua l'oreille demi-arrachée, la tempe labourée, les filets de sang qui traçaient de longues balafres sur la joue creuse.

— Ils savent quoi ?

— Ils se doutent que tu es vivant.

— Tu leur as parlé de… d'ici ?

— Mais non, mon grand, bien sûr que non !

Il se tourna un instant vers elle. Elle ne le reconnaissait pas. Il avait les yeux creux, changés, plus rapprochés… Il avait si bien pris la peau de Clovis qu'il lui ressemblait peut-être déjà ?

— Je ne te comprends pas, dit-il plus doucement. Tu marches avec moi ?

— Tu es mon époux devant Dieu, murmura-t-elle.

— Devant Dieu ?

Il ricana. Ils s'étaient mariés à l'église pour faire plaisir à la mère Juhel, mais ils n'étaient croyants ni l'un ni l'autre.

— Décidément, je ne te comprendrai jamais ! Tu sais ce qui est arrivé ?

— Oui.

Il roulait de plus en plus lentement, incertain, scrutant devant lui.

— Il y a bien quelqu'un qui t'a amenée ici ?

— Non. J'ai chipé la voiture de Charles.

— Où est-elle ?

— À l'écluse du Loing.

Il sortait du village par une route qu'elle ne connaissait pas. Lui-même paraissait perdu, ralentissant encore à chaque virage comme pour chercher des indications.

— Alors, d'après toi, le coin est malsain ?

Elle risqua de passer son bras sous le sien et cette fois il l'accepta.

Ils s'éloignaient de la Seine. La brume cessa brusquement et ils se retrouvèrent dans une zone de mal lotis, avec cabanes de carton bitumé et maisonnettes en parpaings montées par l'habitant. Par la vitre à droite elle vit une faible lueur sur un coin d'horizon. Était-ce l'aube, ou les lumières d'une ville ? Plus loin, il s'engagea dans un bois sombre, roula un moment dans une sente cahoteuse.

Quand il arrêta la camionnette, coupant le moteur et les lumières, elle entendit dans le brusque silence le sifflement de sa respiration. Il haletait comme un malade, désemparé.

— Qu'est-ce que je vais foutre ? Je ne tiens plus !

Il renversa la tête en arrière, raclant de la gorge, épuisé. Elle était un peu en retrait de lui. En fait, il n'y avait de dossier que pour le conducteur. Derrière elle c'était une simple cloison mobile qui communiquait avec l'intérieur. Elle demanda :

— Tu as de l'eau, là-dedans ?

Il ne répondit pas. Alors elle se leva, fit coulisser la porte, enjamba la banquette. L'intérieur était noir comme tunnel ; on n'y voyait rien. Elle n'osa pas s'avancer.

— On peut faire la lumière ?

— Attends ! dit-il.

Il se leva à son tour, entra derrière elle. Ses mains la frôlèrent. Puis brusquement il la prit contre lui, la serra avec violence dans le noir complet. Elle sentit ses lèvres contre les siennes écrasées, comme mordues. Elle gémit comme si elle avait à combattre pour sa vie mais elle n'avait pas peur. Ce qu'il voulait, elle le savait.

Déjà il ouvrait le ridicule imperméable parfumé, lui arrachait le ventre de ses mains impatientes qui retroussaient la jupe et déchiraient le nylon. Elle geignit : « Tu me fais mal », mais elle était mieux que consentante ; il lui semblait que cette minute-là, elle l'attendait depuis des années.

D'elle-même elle se dégagea fébrilement. Il l'avait prise à bras-le-corps et la poussait dans un coin sombre comme un caveau. Ses mollets heurtèrent quelque chose et elle fut déséquilibrée, renversée sur une couche, avec le lourd poids de l'homme sur elle.

Sa tête heurta violemment une paroi, mais elle était comme insensible. Elle lui avait empoigné le col et le serrait contre elle, à moitié étouffée dans la canadienne qui sentait l'animal en rut. Et, pénétrée, labourée, violentée sans préparation, elle eut un râle de tigresse, un spasme de tout le corps qui répondait à celui de l'homme… Abandonnée, quasi inconsciente, avec les mains qui s'ouvraient et se fermaient sur les cheveux d'André, ou sur la dépouille de l'homme mort.

C'était total, c'était l'Éternité. Et toute une vie valait de vivre cet instant ! Elle se collait à lui dans une vigueur de jeunesse goulue ; femelle vaincue sous la patte du mâle… et tout le reste était littérature, morale et instruction civique : enfantillages !

## XII

Verdier dit merci et raccrocha.

Machinalement il regarda le calendrier. Sainte-Christine, lever du soleil à 5 h 15… Pour l'instant il faisait encore nuit. Par la fenêtre entrouverte qui donnait sur le quai entrait la luminescence blême des réverbères. On entendait plus loin les camions qui se rendaient aux Halles.

Verdier prit le dégoût de cette affaire. Du temps perdu pour rien ! Il appela sur le circuit intérieur, eut aussitôt Lentraille.

— Qu'est-ce qu'elle dit ?

— Rien de plus.

— Bon, alors amène-la, mon vieux ! Dis aux autres de débrayer ; c'est mort !

Il fallait laisser tomber. Liquidation, avant d'aller se coucher. Il n'y pouvait plus rien.

Lorsque Lentraille entra, Verdier lui remarqua les cernes sous les yeux, la teinte diaphane de la peau et la moustache retroussée d'un côté sur un rictus inconscient.

La petite Gerbaut paraissait plus fraîche à côté de

lui ; juste le nez un peu pincé, les yeux rougis, mais les joues poupardes n'étaient pas affaissées, on lui sentait encore du tonus, encore capable de tenir ses vingt-quatre heures ; le genre de fille qui, dans les bals, éclipse tout le monde à quatre heures du matin.

— On te fait des misères, hein ?

— Je me doute que vous ne le faites pas exprès contre moi.

La voix était éteinte, résignée.

— C'est fini, mon petit chou ! Si tu ne sais rien, tu ne peux rien inventer !

Il sortit ses habituels cigarillos, s'approcha de Lentraille.

— Ça y est ! C'est officiel pour le petit Castagner. Je viens d'avoir Chevresse à Auxerre.

— Il est mort ?

— Sans avoir repris connaissance ! Nous avons maintenant une bête fauve en liberté, et nous ne savons toujours pas dans la peau de qui il se trouve !

Il invita Thérèse :

— Sissite, mon petit bout !

Elle se tâta machinalement les fesses.

— Merci. Ça repose d'être debout !

Verdier sourit.

— La chaise de contreplaqué, hein ? Ça fait partie de notre arsenal de torture… Tu es une petite bonne femme raisonnable. Je pense que tu as pris conscience de tes responsabilités. Tu nous crois, maintenant, quand on t'affirme que Letellier est vivant ?

— Je ne vois pas pourquoi vous me monteriez un bobard. Si vous le dites, c'est que c'est vrai.

— Je te préfère comme ça, dit Verdier. Tout à l'heure, tu nous en as sorti des vertes sur la flicaille, hein !

— Je regrette, dit-elle sans conviction.

Il balaya de la main, blasé.

— Laisse tomber !... Je résume l'état de nos connaissances. Vendredi à dix-huit heures, Letellier assomme son directeur et fiche le camp avec la caisse. Samedi zéro heure trente, une voiture flambe dans la nuit ; c'est la Panhard de Letellier, avec un homme carbonisé au volant, portant la montre-bracelet, les papiers et le veston de Letellier. Dans les valises, on retrouve trace des liasses pas tout à fait grillées. L'affaire paraît claire et déjà close. Mais après une vingtaine d'heures d'enquête de routine on constate que le volume des billets retrouvés ne correspond pas à celui des liasses volées. On remarque également que l'accident a été provoqué et que le feu a été mis volontairement avec de l'essence répandue à l'intérieur de la voiture.

— Je suis fatiguée, dit Thérèse.

— Moi aussi ! Je passe sur les hypothèses. La dernière constatation : le cadavre d'Avallon n'est pas celui de Letellier, c'est indiscutable ! Si nous avions su cela vingt-quatre heures plus tôt, nous aurions probablement évité la mort du jeune Castagner. Et si maintenant nous arrivons à connaître rapidement l'identité du cadavre carbonisé, nous éviterons probablement un nouveau meurtre ! Le moindre indice, mon petit, et nous sauvons la vie de ton idiote de copine ! Voilà où nous en sommes ! Letellier a failli nous foutre dedans avec son cadavre grillé aux briques de bonapartes. Qui était-ce ? C'est la grande question. Un auto-stoppeur rencontré par hasard ? Ça ne tient pas. Son accident organisé, Letellier a été obligé de fuir en voiture. Donc, l'homme grillé était motorisé. D'autre part…

— Je n'en peux plus ! répéta Thérèse.

— D'autre part, poursuivit implacablement Verdier, il paraît évident que Jean-Pierre Castagner a reconnu Letellier à Vézelay, et qu'il en est mort ! Facile d'en déduire que Letellier avait déjà pris contact avec une personne de la région de Vézelay, sans doute au cours du voyage que vous avez fait en début juin.

— Non, dit Thérèse. À part les gens de l'auberge nous n'avons vu personne. André ne m'a jamais rien dit. Je ne sais rien.

— Tu as passé la journée avec ta copine. Elle ne t'a fait aucune confidence ?

— Non.

— Tu admets comme nous que, pour partir comme ça en pleine nuit, elle a eu une illumination subite ?

— Je ne sais pas. Je voudrais bien vous aider, mais je suis crevée. Tout ce que je peux vous dire, c'est que vous faites d'André un monstre, alors que c'est un homme sensible et plutôt craintif.

— Ah ! oui ? Avec la devise : « Manger pour ne pas être mangé ! » Mettons que ce soit un craintif « de choc ». Regarde-moi, ma poulette.

Elle releva les yeux vers lui. Il y trouva l'épuisement et la sincérité.

— Tu es une bonne gosse. Vois-tu, dans cette

histoire, je crois qu'il y a eu une erreur de distribution. C'est toi qu'il aurait dû épouser ; ça aurait évité bien des malheurs... Sensible et craintif? Après tout, c'est possible. J'ajouterai que c'est un type qui se fout complètement du fric. Sacrifier vingt ou trente millions en fumigène pour se camoufler, c'est une idée d'homme foncièrement désintéressé. Il faut chercher la motivation ailleurs. Il est non moins certain que ta copine Annette est une gamine loyale et bonne. Mais c'est la combinaison qui n'a pas gazé. As-tu entendu parler de Strindberg, *La danse de mort*... ?

Lentraille ferma les yeux et laissa échapper involontairement un soupir excédé. Fouetté, Verdier se tourna vers lui.

— D'accord, mon petit « Lentrêle », je suis un vieux crabe qui s'écoute parler. Mais la littérature recouvre parfois une réalité. L'histoire d'un couple est, la plupart du temps, l'histoire de la formation d'un mélange détonant et criminogène.

Il étendit la main sur son bureau, saisit un dossier.

— Ce n'est pas moi qui dis ça, c'est Letellier ! Il y a là-dedans une image d'homme sensible : les noces de soufre ; la lutte à mort, mon petit « Lentrêle », avec la volonté acharnée et réciproque de destruction totale ! Tous les couples, tu m'entends ! Tous les couples qui ont du sang sous la peau connaissent ce stade des noces de soufre ; à qui des deux sera le plus fort, à qui vaincra ! Et c'est la manière de sortir de ces noces-là qui fait la grande classe d'un couple, ou bien sa déconfiture dans la haine baveuse, la résignation à son niveau le plus crétin, ou le crime !

Il frappa violemment le dossier sur la table, incorrigible acteur.

— Jamais on ne parle de ça ! Alors qu'on devrait l'apprendre sur les bancs des écoles !

Il remarqua les regards éteints des deux autres, hostiles, solidaires contre lui, le vieux chnoque bavard qui philosophait au lieu d'aller dormir !... Mais il était le patron. Il pouvait, s'il le voulait, les retenir un jour et une nuit, sans bouger, à son entière disposition.

— Bon Dieu ! « Lentrêle », pourquoi as-tu laissé échapper cette gosse ?

Lentraille épongeait son front moite. Il blêmit d'un coup de nerfs, regarda son chef d'un œil noir. Puis il éleva le bras, froissa son mouchoir.

— Tenez, monsieur Verdier... Comme ça !

Il laissa tomber le carré de tissu qui chut mollement sur le parquet.

— Pas plus de ressort que ça ! Elle venait de me dire et de me prouver qu'elle méprisait son bonhomme ! Alors...

— Te prouver ? remarqua Verdier.

Lentraille se pencha pour ramasser son mouchoir, confus comme s'il en avait trop dit.

— Qu'est-ce que vous voulez, monsieur Verdier, les bonnes femmes ça n'entre dans aucune théorie. Faut se les farcir !

Verdier le regarda, fit « Hem ! » puis se tourna vers la petite.

— Notre jeune ami est un vrai Don Juan… Qu'est-ce que vous en pensez ?

— C'est pas mon genre, dit Thérèse.

— Dame, c'est un flic !

Elle haussa les épaules, épuisée.

— On ne va pas recommencer, monsieur le Commissaire ?

— Oh ! mais non ! dit Verdier. On a fait ce qu'on a pu. C'est un échec, et on ne peut plus rien ni pour l'un ni pour l'autre. Ils ont voulu le combat à la sauvage ; ils l'ont ! Maintenant les jeux sont faits… Que le meilleur gagne !

# XIII

Ils étaient restés étroitement enlacés, côte à côte. À sa respiration profonde elle comprit qu'il dormait.

Elle était un peu en travers, les jambes en porte à faux, et elle sentait le froid sur sa chair nue. Elle finit par ouvrir les yeux, tournant un peu la tête.

L'aube mettait maintenant aux lucarnes une vague lueur qui ne permettait pas encore de distinguer les objets. Mais dehors on entendait un oiseau obstiné qui trillait, roulait, redoublait : un rossignol.

Elle se dégagea doucement. Chaussures perdues, impossible à retrouver dans le noir. Son œil droit qui avait appuyé longtemps contre la canadienne était douloureux.

« Je dois avoir une de ces têtes ! »

Ça sentait partout la crasse froide, en plus d'une tenace odeur acide, comme si le bac d'hyposulfite s'était répandu.

Elle enjamba la banquette. La cabine baignait dans une lumière d'aquarium d'un jaune trouble, et par le pare-brise on discernait à peine le paysage sans couleur.

Ils étaient dans un bois, au-dessus d'une profonde tranchée de chemin de fer. Très loin, au-delà du rideau crépusculaire grisâtre et sale, au-dessus des brumes de la Seine, se dressait comme un immense portique de lumières rouges et blanches. C'était l'heure froide, sans joie. Un pont étroit traversait la voie ferrée et continuait l'allée forestière de terre battue.

La jeune femme chercha en vain un rétroviseur. Elle grelottait, n'osant pas descendre sans chaussures. Relents de camping et de romanos, vie de forain ambulant, tout était là dans la cabine, dans le froid du petit jour et l'entrejambe mouillée de ces retrouvailles d'amour.

— Mon homme !

Il lui avait fallu près de cinq ans pour prendre conscience de cette appartenance réciproque, maintenant seuls au monde parce que seuls contre le monde. Amour, sentiment rude, coït, sang et combat ! Réservé aux pionniers et aux assassins, et tellement au-dessus de l'habituelle et pâle caricature à bichonnage et allocations familiales : décadence !

Elle s'assit, prit à pleines mains le volant large et poisseux.

— Qu'est-ce qu'on va faire ?

Elle n'en savait rien. Elle avait toujours sur elle l'imperméable parfumé de Cécile. Elle ramena ses jambes sous elle pour se donner chaud, col relevé, serrée, frileuse.

Avec le petit jour les détails sortaient peu à peu de la grisaille. Elle pouvait maintenant voir la double ligne des caténaires en contrebas dans la tranchée de chemin de fer, et de l'autre côté le bois prenait lentement vie dans sa montée abrupte.

On entendait des claquements d'ailes, des appels brefs, des croassements. Puis un premier groupe d'oiseaux au vol lent se détacha en noir sur le ciel gris. Elle se rendit compte alors que toute la butte boisée était une immense corbeautière qui s'animait peu à peu comme une volière sinistre, avec des centaines et peut-être des milliers d'oiseaux noirs aux battements lourds qui formaient des cercles, se reposaient, s'envolaient à nouveau, dans un concert de cris ironiques et comme égrillards : « Croâ ! Croâ ! »

C'était comme une formation de nuage se gonflant peu à peu, se déroulant en spirales plus hautes et plus fournies. Quand le nuage fut assez dense, les corbeaux pointèrent tous ensemble dans la direction du portique aux lumières maintenant délavées. Départ pour le boulot, vers les champs moissonnés et les libres ripailles.

Elle entendit en crescendo le roulement doux et vit surgir le train court, trois voitures au plus, passant sous le pont et allant perdre son triple feu rouge au fond de la tranchée profonde. Train de grande banlieue, autre réveil et autres travailleurs.

André devait dormir sans conviction ; le passage du train l'avait remis sur pied. Il entra dans la cabine comme un gros ours poilu.

— Tu es là ?

— Qu'est-ce qu'on va faire ? demanda-t-elle.

Il écarta les bras du corps, épuisé comme s'il renonçait à la lutte.

— Trois nuits que je ne dors pas !

Au jour naissant on pouvait voir les caillots de sang qui noyaient une oreille et coulaient dans la barbe. Ça venait de plus haut, d'une blessure au crâne, et le front aussi était marqué d'une traînée noirâtre. Ce fut lui qui la regarda toutefois avec étonnement, car il l'avait barbouillée de sang dans les embrassades.

— Tu ferais bien de te laver !

Il l'entraîna dans la fourgonnette, fit coulisser les rideaux. Dans le jour maigre elle aperçut l'intérieur sordide de roulotte où tout semblait arraché, défoncé, bousculé. Une porte de placard pendait, des flacons et de la vaisselle étaient brisés sur le sol.

— Qu'est-ce qu'il y a eu ?

— Tu t'en doutes ! fit-il.

Il ramassa un pic à manche court, en examina la pointe. Elle crut comprendre, avala péniblement sa salive...

— C'est avec ça que tu... ?

— Pas moi ! fit-il, épuisé. Lui ! Il a failli m'avoir !... Je l'avais déjà repéré à La Rochelle. Tu es au courant ?

— Vaguement.

Elle lui toucha le crâne.

— Tu ne peux pas rester comme ça. Il faut nettoyer la plaie.

Il y avait de l'eau dans un jerrican en plastique. Il chercha un chiffon, mais il n'y avait que des loques crasseuses, des torchons gras et des serviettes puantes. Les draps mêmes auraient rebuté un garagiste pour nettoyer le cambouis.

— Y a-t-il quelque chose de propre, ici ?

— Ça m'étonnerait, ricana-t-il.

Elle retrouva ses chaussures, l'une après l'autre, puis sa petite culotte de nylon jetée en boule à la tête du lit et qui paraissait immaculée à côté de toute cette saloperie écœurante de célibataire ambulant.

Elle en fit un tampon, l'imbiba d'eau et commença à nettoyer la chevelure. La peau était arrachée sur une large surface et recommençait à suinter dès qu'on y touchait.

Il s'était assis sur le lit, se laissait faire. Il attrapa à pleines mains les cuisses de sa femme, la pelotant comme pour marquer l'amitié, devenant plus précis, de nouveau amoureux.

— Toi ! dit-il. Toi, alors, tu m'épates ! Je ne te fais pas horreur ?

Elle ne répondit pas, désignant la plaie.

— Ça date de quand ça ?

— De cette nuit, vers onze heures, minuit, je ne sais plus. Il m'a d'abord reconnu au restaurant. Je l'ai attendu dehors... Moi, je ne demandais qu'à m'entendre avec lui, mais il en voulait trop, beaucoup trop !

Il se raidit soudainement, agressif.

— Tu ne m'as pas répondu. Je ne te fais pas horreur ?

— Si, dit-elle doucement. Moi aussi, mon chéri, je me fais horreur !

— C'est un accident ! assura-t-il d'une voix fermée. Mais à cause de ce petit con-là, ça fait deux accidents. Il y en a forcément un de trop !

Il la repoussa brutalement.

— Mais qu'est-ce qui t'a prise, de me faire suivre par cette petite ordure ? Qu'est-ce qu'il s'est imaginé, ce mouflet ? Que j'étais plein de fric ? Mais je n'ai pas un rond, tu m'entends ! Pas un radis ! Tout a brûlé ! Tout !

— Bien sûr, fit-elle calmement. Bouge pas, mon grand. La plaie n'est pas belle, il faut la nettoyer.

— Tu ne me crois pas ?

— Mais si, mon grand.

— C'est un accident, répéta-t-il, calmé. C'est Clovis qui conduisait. J'ai juste eu le temps de sauter. Ça a pris feu tout de suite. Et tout a brûlé ! Tout !

Il renifla brusquement l'imperméable.

— Ça pue Aubervilliers.

— C'est à Cécile, dit Annette.

— Ah !... Et qu'est-ce qu'elle dit, Cécile ?

— Elle est catastrophée.

— Et... la police ? Tu as bien dû les voir. Qu'est-ce qu'ils disent à la police ? Qu'est-ce qui leur fait penser que je suis vivant ? Ils ont reconnu le corps de Clovis ?

— Sans doute, dit-elle gentiment.

Il continuait un interrogatoire souterrain.

— Et au sujet de l'incendie ? Ils ne disent rien ?... Le papier-monnaie ça brûle bien, ils n'ont pas dû retrouver grand-chose. Qu'est-ce qu'ils en disent ?

— Ils ne m'ont pas fait de confidences, mon chéri.

— Tout a brûlé, répéta-t-il sourdement. Si tu crois que j'ai pu sauver quelque chose, tu en es pour tes frais. Tu n'as jamais vu une voiture en feu ? On ne peut rien faire, rien sauver, pas même la vie d'un homme ! Alors, tu parles, les billets !…

Il eut un geste de balançoire.

— Je te crois, mon grand, dit-elle.

Et elle le croyait. Non par sottise ni par naïveté, mais parce qu'il était là et qu'à cet instant elle avait envie de le croire et de l'aimer, parce qu'il était faible et tout neuf.

Il ne restait plus qu'un filet d'eau, et la plaie était à peine dégagée. Il fallait bouger de là au plus vite, trouver de l'alcool, des pansements, de quoi manger et, pour le moins, de l'eau.

— Qu'est-ce que tu comptes faire ? demanda-t-elle.

— Je m'en fous, dit-il. C'est ça le pire, je crois que je m'en fous. Je voudrais trouver un coin tranquille et dormir quarante-huit heures.

— Je peux essayer de conduire, proposa-t-elle ; mais une roulotte comme celle-là ne passera pas inaperçue.

— Bien sûr ! convint-il. Et puis pour aller où ?

La lumière grise éclairait un coin du grand tableau au-dessus du lit. Annette enregistra machinalement les visages doubles, les femmes vertes aux grosses fesses et l'animal en flammes…

— Si c'est un accident, qu'est-ce qu'ils peuvent te faire ?

Il la repoussa, de nouveau braqué.

— C'est un accident ! Qu'est-ce que tu cherches à me dire ?

— J'essaie de faire le tour de la question. On ne peut pas passer notre vie ici, André.

— Je ne t'ai pas demandé de venir !

Elle posa sa main sur sa joue, pour le calmer.

— Je peux aller chercher la voiture de Charles. L'écluse ne doit pas être tellement loin.

— J'ai appris une chose, fit-il avec accablement, c'est qu'on est tout seul dans sa peau.

— Eh bien, moi, j'ai appris le contraire, dit-elle. Y a toi, y a moi, et y a Michou ; c'est une famille, et ça compte !

Il haussa les épaules.

— Tout a brûlé ! répéta-t-il. Tout !

Elle sut alors qu'il mentait. Elle fit couler la dernière goutte d'eau. La petite culotte était maintenant une loque rougie qu'elle jeta dans la vaisselle brisée. Elle se sentait lasse et sa mâchoire tremblait comme si elle allait pleurer.

— Mon grand, il faut avoir confiance en moi. Je ne peux pas te laisser tout seul comme ça. Je ne peux pas ! C'est plus fort que moi. Si jamais je dois servir à quelque chose dans ma vie, c'est maintenant ! J'ai pris la voiture de Charles, mais j'en aurais volé une pour venir te prévenir !

— Ne me fatigue pas ! dit-il.

Et comme elle s'éloignait, il la rattrapa.

— Écoute. Je vais peut-être t'étonner, mais je t'ai aimée à en crever ! Et c'est maintenant que j'en crève !

Elle le serra dans ses bras.

— On va s'en sortir, mon grand. Il faut réfléchir à tout ça, il y a certainement une solution. Mais je t'en supplie, André, ça me fait trop mal si tu n'as pas confiance en moi. Il faut tout me dire.

— Eh bien, tu sais tout ! dit-il. Tu veux quoi ? Des détails ? J'ai passé les deux jours de la « Madeleine » de Vézelay à photographier les gens, exactement comme si j'étais Clovis. Ça avait l'air de marcher. J'ai bousillé pas mal de papier, mais dans l'ensemble je m'en tirais. Il a fallu que ce petit corniaud en fleur s'amène à dix heures du soir…

Il se crispa, furieux. Elle sentit ses mains lui griffer la peau à travers les vêtements.

— Il m'a reconnu tout de suite, et moi aussi, je l'ai reconnu. Lui et sa Junior qui m'avait suivi à Royan et La Pallice… D'abord, un petit jeunot à bonne bouille, j'ai cru qu'on allait s'entendre. Et puis j'ai compris qu'il voulait me faire chanter. Pas avec le dos de la cuiller ! Part à deux !… Je l'avais fait monter ici pour discuter tranquillement. J'ai essayé de lui expliquer que c'était un accident, que je n'ai pas pu sauver un seul billet… Je lui ai dit d'aller se faire foutre, d'aller prévenir la police si ça lui chantait. Il aurait dû comprendre.

Il reprit en main le pic à manche court.

— Ça, c'était accroché derrière la porte. Il devait l'avoir repéré en entrant. Il l'a pris. Il est devenu tout blanc. « Monsieur Letellier, je ne sortirai pas d'ici tant que vous ne serez pas raisonnable. Nous n'avons rien à gagner à prévenir la police. Sous le nom de Clovis, vous ne tiendrez pas à la première vérification. Par contre, je peux vous avoir une nouvelle identité et un passage pour l'Amérique du Sud, via Casa, en moins de huit jours. Mon prix est de cinquante millions ! »

Il désigna le fond de la voiture.

— Il était là… Moi, je voulais simplement le désarmer et le corriger. Mais dès que je l'ai touché, il a cogné au crâne. Alors ç'a été la bagarre, en silence, à mort ! Je te garantis qu'il était solide. Je n'ai pas eu le choix. J'étais sonné, je sentais que je m'en allais…

Il devint dur, effrayant. Il fit un mouvement sec avec le tranchant de la main.

— Et puis je l'ai eu ; c'est tout ! Le même coup que pour…

Il s'arrêta court, soupira bruyamment, se reprit.

— Un coup que j'ai appris en Algérie… C'est fragile un bonhomme, tu sais !

Il parut soulagé, porta la main à son crâne douloureux.

— Ensuite, j'ai été chercher sa bagnole, je l'ai mis dedans… Et puis dans une descente… Son pied sur l'accélérateur, la troisième engagée… Faut se tenir debout, portière ouverte, lâcher l'embrayage au bon moment et sauter ! La vacherie, avec ces portières qui se referment à l'avant, c'est qu'il faut prendre appui des deux bras et bouler par-dessus. Et ça, ce n'est pas à la portée de n'importe qui !

Il s'était ranimé, il avait soudain la beauté d'un fauve, d'une bête à détente brutale, capable de force, de souplesse et d'élégance dans l'acte même de tuer.

Annette n'avait pas besoin de plus d'explications. Elle l'avait vu une fois exécuter ce petit numéro, de pied ferme, prenant appui des deux mains et se projetant littéralement par-dessus la portière ; s'entraînant en somme depuis longtemps au coup qu'il préparait… Le meurtre du petit Jean-Pierre était peut-être un accident, mais celui de Clovis était bien un assassinat froidement prémédité. Il n'y avait aucun doute ! Tout comme il était certain que les cent millions se trouvaient là, quelque part dans la camionnette.

À la fois elle avait peur de lui et l'admirait, comme on admire un grand félin fourbe, cruel et magnifique… Et, elle devait bien en convenir, c'était à ce fauve qu'elle s'était donnée, et non au petit employé de banque qui avait des malheurs.

— En somme, dit-elle avec prudence, tu étais en état de légitime défense ?

— Il y a de ça ! convint-il.

Il ouvrit l'arrière de la voiture et sauta dehors. Cela lui fit un choc au crâne et il gémit. Elle sauta près de lui, maternelle.

— Ça te fait mal ?

— Il m'a démoli !

La couleur commençait à trouver place dans l'aube encore grise. Un léger vent aigre agitait les feuilles.

Au loin, dans l'échancrure de la tranchée, le portique lumineux s'estompait pour devenir autre chose dans la lumière montante : deux énormes cheminées comme on n'en voit qu'aux grandes centrales thermiques. Le pont qui enjambait la voie ferrée paraissait plus étroit, avec de mauvais pavés envahis d'herbes, comme si cette allée forestière ne servait qu'à quelques rares fardiers.

De chaque côté il y avait des tabliers de protection au-dessus des caténaires. Une pancarte émaillée portait une étoile rouge lançant des éclairs. *Ligne de contact sous tension.* Danger de mort.

Elle avait pris le bras de son homme. Était-ce sa faute, à lui, s'il était aussi une étoile rouge lançant des éclairs, un danger de mort ?

Envie de se soumettre à lui, cesser d'être la petite femmelette civilisée à ridicule tempérament de suffragette égalitaire, rentrer dans la loi naturelle, admettre sans complexe qu'elle n'était que la biche apeurée d'un grand mâle…

Elle ne formulait rien, ne se posait surtout pas de problèmes moraux. Elle se sentait bien, dans l'instant, sur ce petit pont étroit et tragique, au-dessus de la grande ligne Paris-Lyon-Méditerranée. Joie de se sentir bête sauvage !

Bête traquée, aussi. Il fallait réagir vite.

— Je vais chercher la voiture de Charles ?

Il la regardait, pénétrant. Elle vit qu'il avait de nouveau envie d'elle. Il toucha l'imperméable de Cécile.

— Fous ce truc-là en l'air, tu es ridicule !

— Je vais avoir froid, dit-elle.

Mais elle obéit, retira le vêtement et le posa sur le garde-fou métallique du pont. Il remarqua alors le chemisier déchiré, lui caressa l'épaule nue tandis qu'elle frissonnait au petit vent aigrelet.

— Qu'est-ce qui t'est arrivé ?

— Tu ne te rends pas compte que j'étais aux mains des flics ? Je me suis échappée pour venir te prévenir.

Il ne l'écoutait pas, fasciné par l'épaule blanche. Elle sentit les picots de la barbe contre sa chair. Sa peau s'horripila ; c'était désagréable, ce baiser de vampire juste à la carotide et les mains qui la troussaient à nouveau, livrant ses cuisses nues au vent du petit jour qui coulotait dans la tranchée.

Il était lourd de sueur moribonde. Elle se savait plus vivante que lui, elle se dégagea.

— Gardons nos forces. On va en avoir besoin !

Il n'insista pas. D'une voix sourde il admit, à retardement :

— La bagnole de Charles, d'accord ! Ce sera moins visible. Allons-y !

— Pas toi ! Tu es terrifiant ! Si on rencontre quelqu'un…

Il en convint facilement, sans discuter.

— Bon, vas-y !

— Il me faut des sous, André ! Faut que je prenne de l'essence.

Il la regarda, soudain mauvais.

— Je viens de te dire que je n'en ai pas.

— Si tu as fait des photos… ?

— Comme ça, oui, mais ça ne va pas loin !

Elle planta son regard dans le sien, comme au bon temps des bagarres.

— Pas d'argent, on est foutus ! Qu'est-ce que tu veux faire ?

Il se prit le crâne dans les mains.

— Faut que je réfléchisse… Nom de Dieu, ça fait comme un grelot, là-dedans ! Dormir seulement trois heures et j'y verrai plus clair !

Il parut se réveiller, visage doux.

— Qu'est-ce que tu viens foutre ici, ma Nanie ?

Ce n'est pas ta place. Si jamais on se fait piquer, tu vas être considérée comme complice.

Cette douceur d'homme traqué qui prenait le temps de penser à elle lui laboura les tripes. Elle s'accrocha à lui.

— Mais je t'aime !... Je te demande pardon. J'ai été bête, je t'ai fait du mal. Maintenant je ne veux pas qu'on te prenne. Je vais te sauver ! Je ne sais pas encore comment, mais je vais te sauver de leurs sales pattes de flics !

Juste une fraction de seconde le souvenir de ce qui s'était passé avec Lentraille l'effleura, immédiatement rejeté aux oubliettes, vomi ! Elle se colla à son homme comme une ventouse, totalement pure.

— Je t'aime ! Je t'aime ! Tu me crois, dis ?

Demi-nue, suspendue, les bras au cou de l'homme qui titubait, elle retrouvait ses lèvres brûlantes de malade.

— Tu vas voir, mon grand ! On va être heureux !

Il n'en revenait pas, incrédule.

— Ça alors !... Mais comprends bien que je suis foutu, Nanie ! Je n'ai pas un rond ! Un accident ! Clovis a été grillé, mais, moi, je suis cuit ! Tu me comprends ?... Pas la queue d'un ! Complètement paumé !

— Oh ! cria-t-elle, féroce de sincérité. Tu parles si je me fous bien du fric ! C'est toi que je veux sortir de là ! Et j'y arriverai ! Je te jure que je t'en sortirai !

Petite femme de tête, brusquement elle se détacha de lui, reprit l'imper de Cécile.

— Vite ! Je vais chercher la voiture. Faut s'éloigner d'ici avant que les gens se réveillent.

— Je ne tiens pas debout, avoua-t-il.

— On va s'en sortir, mon grand ! Moi, je suis forte ! Regarde, je suis forte pour nous deux !

Elle le ceintura, le souleva péniblement, tendons crispés, fit deux pas maladroits sur les pavés du pont avant que son poids d'homme ne le refasse glisser à terre.

— Tu vois ! fit-elle dans un triomphe essoufflé.

Il eut une ébauche de sourire, lui toucha la joue.

— Je vois que tu as du sang, ici. Et puis arrange tes cheveux, tu as l'air d'une folle. Il y a une petite glace derrière la cloison mobile.

Elle remonta par l'arrière de la camionnette dans l'odeur chimique d'acide répandu. La lumière du petit matin était verdâtre et éprouvante. Dans le miroir au tain rongé par une lèpre noire, elle reconnut à peine un visage bouffi aux yeux creux, maculé de caillots écrasés.

— Je suis affreuse !

Elle chercha de quoi s'essuyer, mais tout rappelait l'homme mort et sentait la pourriture. Elle voulut dégager un coin du drap crasseux et c'est alors qu'elle vit en lumière les visages doubles et les femmes vertes fessues. Cela formait comme une porte de petit placard peint dont elle ne distinguait pas l'ouverture. Un papier dépassait… Elle le tira, et comprit !

D'abord elle ne voulut toucher à rien. Sa découverte ne lui apprenait rien qu'elle ne connaissait déjà… Elle remarqua les deux vis, dont l'une était aux trois quarts sortie.

Elle fit deux pas de côté. Par la cabine elle aperçut André à une dizaine de mètres, les mains sur la rambarde du pont, perdu dans la contemplation de la tranchée de chemin de fer.

Le temps de jeter un coup d'œil… ?

La vis vint toute seule, en trois tours à la main, et le panneau bascula comme s'il était poussé par la pression des liasses qui se répandirent sur le lit… Argent liquide !…

— Oh !

Elle prit peur, tenta de ramasser en bloc, de bourrer à nouveau, mais ça devenait des masses élastiques et diaboliques qui se gonflaient, prenaient plus de place, bien trop volumineuses maintenant, retombant en plus larges paquets, refusant obstinément de se tasser sur les étroites tablettes, comme une matière vivante !

Elle haletait, éperdue, repoussant des deux mains, peur au ventre.

« Oh ! mon Dieu ! Vite ! Vite ! »

C'était énorme ! Une énorme et horrible fortune qui POUSSAIT de toutes ses forces comme un monstre moitié sorti de sa fosse et contre lequel elle devait lutter avec des « han ! » de bûcheron !… C'était multiplié, intenable, magique !

La voix métallique, inhumaine, lui arriva dans le dos.

— Ah ! bon ! Je vois !

Elle cessa de lutter, se retourna, décomposée.

— Écoute, André, je cherchais de quoi me peigner…

— Ben, voyons ! fit-il, trop calme.

Il monta, faisant un peu fléchir le fourgon et cataracter d'autres billets.

— Tu es contente, maintenant ?

Il avait l'air d'un bloc de pierre. Elle s'approcha de lui, déjà battue et douloureuse, sans garde.

— Mais tu n'as donc pas confiance en moi ? C'est pas pour ça que je suis venue. C'est pour toi !

— Ah ! c'est vrai ! ricana-t-il en l'imitant jusqu'à la caricature... « Je t'aime ! Je t'aime !... »

Il décocha la gifle brutale qui la repoussa sur le lit.

— Salope !

Il était effrayant de pâleur. Il la saisit aux cheveux, prit une poignée de billets, les plaquant contre le visage, contre la bouche, comme pour les lui faire avaler de force.

— Tiens ! Bouffe donc ! Bouffe !

Elle se défendait à peine, pleurant, tournant seulement la tête de droite et de gauche pour éviter l'étouffement.

— André, je t'en prie !... Hooou, nnon !... C'est vrai !... Je te jure, André !... C'est toi !... Tu me fais mal !... Nnon !...

Mais il était trop tard pour parler. Elle avait sur elle une grande gueule fauve dans une grimace crispée, déjà bloquée dans le meurtre. La patte se leva, faucha l'air et retomba avec une précision anatomique comme un marteau tranchant... Elle sentit à peine le craquement, eut un râle bref, et les yeux se révulsèrent.

Il n'y eut plus qu'un homme qui continuait à ricaner : « Je t'aime ! Je t'aime ! Je t'aime ! » en la couvrant peu à peu d'une masse de billets de banque, jusqu'à ce que le visage immobile dans la mort disparaisse entièrement.

*

Il fut arrêté une heure plus tard, comme il prenait un billet pour Paris, à la petite station de Saint-Mammès.

Simple hasard. Dégaine étrange de vagabond sanglant, gendarme qui passait, vérification des papiers… Quand il ouvrit sa canadienne, des liasses épinglées tombèrent avec un bruit de paquet de neige détachée d'un toit.

Il n'opposa aucune résistance.

# DU MÊME AUTEUR

*Aux Éditions Gallimard*

*Dans la collection Série Noire :*

Y'A PAS DE BON DIEU ! *nº 53.*
MOTUS !, *nº 170.*
LA BONNE TISANE, *nº 285.*
SANS ATTENDRE GODOT, *nº 310.*
LES LOUPS DANS LA BERGERIE, *nº 473.*
LE DRAKKAR, *nº 490.*
JUSQU'À PLUS SOIF, *nº 713.*
LANGES RADIEUX, *nº 763.*
PITIÉ POUR LES RATS, *nº 832.*
LA LUNE D'OMAHA, *nº 859.*
NOCES DE SOUFRE, *nº 878.*
LES FOUS DE HONG-KONG, *nº 1312.*
LE GRILLON ENRAGÉ, *nº 1334.*
LA NEF DES DINGUES, *nº 1468.*
CONTEST-FLIC, *nº 1501.*
TERMINUS IÉNA, *nº 1559.*
À QUI AI-JE L'HONNEUR ?, *nº 1683.*
LE PIGEON DU FAUBOURG, *nº 1844.*
LE BOUCHER DES HURLUS, *nº 1881.*
LE CHIEN DE MONTARGIS, *nº 1930.*
AU BALCON D'HIROSHIMA, *nº 2007.*

*Composition Nord Compo.*
*Impression Société Nouvelle Firmin-Didot*
*à Mesnil-sur-l'Estrée, le 4 janvier 1999.*
*Dépôt légal : janvier 1999.*
*Numéro d'imprimeur : 45277.*

ISBN 2-07-040704/7/Imprimé en France.

88525